SLEEPY HOLLOW

SLEEPY HOLLOW

Une novélisation de Peter Lerangis
D'après une histoire de Kevin Yagher
et Andrew Kevin Walker
Scénario d'Andrew Kevin Walker
basé sur la nouvelle de Washington Irving

suivi de

LA LÉGENDE DU VAL DORMANT

de

Washington Irving

POCKET

Titre original :
Sleepy Hollow
Traduit de l'américain par
Isabelle Troin

ISBN : 2-266-10211-7

PROLOGUE

Octobre 1799,
Sleepy Hollow, Etat de New York.
Au commissariat de New York City :
Trois meurtres. Besoin d'aide.
Répondez immédiatement.

B. VAN TASSEL

C'était le message le plus récent d'une longue série, chacun semblant plus désespéré que le précédent.

Tous avaient été ignorés.

Personne dans les services de police n'avait jamais entendu parler de Sleepy Hollow.

Personne dans toute la ville, peut-être.

Pour la plupart des New-Yorkais, le monde prenait fin à Wall Street. Il était rare que l'un d'eux s'aventure dans les champs et les marais de l'île de Manhattan, et encore plus qu'il traverse le fleuve jusqu'aux verts pâturages baptisés Broncks en hommage à une famille de la région.

A deux jours de cheval de la ville, Sleepy Hollow aurait aussi bien pu être sur la Lune.

Les New-Yorkais tenaient pour une mesure de survie ce que d'autres auraient qualifié d'indifférence. Le développement de la cité échappait à leur contrôle. Les meurtres survenus au fin fond de l'Etat ne choquaient personne en un lieu où la mort frappait quotidiennement. Où les rues étaient jonchées par les victimes de la passion, de la culpabilité et d'une haine trop longtemps nourrie en secret. Où la fièvre jaune avait fait des milliers de victimes. Où la pauvreté devenait galopante et où les forces de l'ordre comptaient seize inspecteurs et quarante marshals qui disposaient seulement de trois prisons et d'un dépôt.

A New York comme à Sleepy Hollow, un tueur astucieux pouvait commettre un crime parfait : en 1799, les cadavres ne parlaient pas.

Si la vie était un spectacle constamment soumis à la curiosité publique, la mort restait un mystère solennel ayant pour seuls témoins l'église et la famille. Une victime sans parent connu devenait un banal problème administratif. Son corps ne servait à rien et ne cachait aucune preuve.

Sauf pour ceux qui savaient où les chercher.

CHAPITRE PREMIER

Il était mort. Ça ne faisait aucun doute.

Sa tête ballottait à la surface d'une eau noire et glaciale. Ses cheveux flottaient comme la fourrure d'un animal crevé parmi les déchets que rejetaient les égouts.

Encore un rat qui se sera noyé, avait d'abord songé l'inspecteur Ichabod Crane.

Il aurait pu en rester là. Mais quelque chose dans le mouvement languissant de l'objet suggérait la présence d'une masse importante au-dessous.

S'approchant du bord de l'Hudson, Ichabod Crane déglutit. En des moments comme celui-là, il aurait souhaité ne pas y voir aussi bien.

Mais telle était sa nature ; il ne pouvait rien y faire. Une attitude méfiante, un œil exercé et soupçonneux, un manque instinctif de respect vis-à-vis des procédures judiciaires en vigueur : ces traits de caractère qui le distinguaient des autres inspecteurs de New York faisaient de lui l'homme le plus ingénieux et le plus agaçant du monde.

Tandis qu'Ichabod se penchait au-dessus du quai, la lumière de sa lanterne éclaira une silhouette affleurant à la surface du fleuve : celle d'un cadavre de sexe masculin.

De sa main libre, Ichabod sonna l'alarme aussi fort qu'il le put.

Derrière lui, des bruits de pas résonnèrent sur les pavés.

— Où êtes-vous ? demanda une voix.

— Ici ! cria Ichabod.

Jetant un coup d'œil par-dessus son épaule, il vit deux silhouettes se découper dans le cercle lumineux d'un lampadaire : celles des inspecteurs Green et Witherspoon.

— J'ai besoin de votre aide !

Ichabod lâcha sa cloche, s'accroupit et glissa un bras sous les épaules du cadavre.

— Inspecteur Crane ? Ichabod Crane ? s'étonna Green. Est-ce bien vous ?

Le corps était incroyablement lourd. Ichabod dut caler un de ses pieds contre un pilier de bois pour que son poids ne l'entraîne pas dans le fleuve.

— En personne, ahana-t-il. Et je ne suis pas seul : j'ai trouvé quelque chose.

Bandant ses muscles, il tira le cadavre hors de l'eau saumâtre et le remonta sur le quai.

Le visage enflé et grotesque ressemblait à un ballon. Les vêtements étaient tendus à craquer sur le torse gorgé d'eau. Ichabod inspira profondément pour lutter contre la nausée.

— Quelque chose qui devait encore être un homme il y a peu de temps, précisa-t-il.

Malgré l'obscurité, il distinguait le visage de ses collègues. Green marmonna quelque chose au sujet d'une brouette et les deux hommes s'éloignèrent.

Comment cela s'est-il produit ? se demanda Ichabod. *Sans doute un accident. Il sera tombé à l'eau après une nuit de débauche...* Telle était du moins l'explication habituelle. Ça, ou le suicide : l'Hudson avait accueilli plus que sa part d'hommes aux rêves brisés.

A moins qu'il ne s'agisse d'un meurtre... Une dette qu'il tardait à rembourser, peut-être ?

Levant sa lanterne, Ichabod examina le cadavre à la recherche d'hématomes ou de plaies. Mais la lumière était trop faible et vacillante. Il faudrait faire une autopsie. Si c'était un meurtre, le coupable courait toujours...

Un grincement de métal rouillé annonça le retour de Green et de Witherspoon. Tandis que ses collègues se rapprochaient, Ichabod fut soulagé de voir qu'ils avaient pensé à prendre une couverture. Il lui semblait déjà que les yeux du cadavre avaient percé deux trous dans son cerveau.

Les trois inspecteurs chargèrent le corps dans la brouette ; Ichabod s'empressa de lui couvrir le visage. Puis, sans un mot, l'air sinistre, ils prirent le chemin du centre-ville.

La cour du commissariat était vide et absurdement paisible. Elle le resterait jusqu'aux premières lueurs de l'aube. Ensuite, tous les visiteurs qui ne connaissaient pas New York auraient l'impression d'évoluer dans un asile de fous.

Pour le moment, au cœur des ténèbres, le grincement rythmique des roues de la brouette se répercutait contre les murs.

Ichabod et ses deux collègues entrèrent dans le bâtiment. Derrière les barreaux de la cellule commune, les yeux jaunes des prévenus ne perdaient pas un seul de leurs mouvements.

Le commissaire attendait. Ses traits à demi dissimulés par une moustache et une barbe touffues ne tressaillirent pas lorsqu'il souleva la couverture pour examiner le cadavre.

— Brûlez-le, ordonna-t-il.

— Bien, monsieur, répondit Green.

Aussitôt, l'inspecteur Witherspoon fit faire demi-tour à la brouette.

Ichabod en fut stupéfait. Son supérieur ne pouvait pas détruire ainsi les rares indices dont ils disposaient !

— Si je puis me permettre..., dit-il. Nous ignorons encore la cause du décès.

— Quand on retrouve des morts dans le fleuve, grogna le commissaire, c'est généralement qu'ils se sont noyés.

— C'est possible, s'il y a du liquide dans les poumons. Mais la pathologie nous permettrait d'établir s'il était déjà mort ou pas quand il est tombé à l'eau, insista Ichabod.

Son supérieur se raidit.

— Vous voulez le découper en morceaux ? Nous ne sommes pas des barbares ! Laissons-le reposer en paix et intact, comme le préconisent Dieu et le Département d'Hygiène.

Ichabod ravala ses protestations. Ça ne servirait à rien, il le savait. Le commissaire ne supportait pas qu'on le contredise.

Des cris et des bruits de lutte brisèrent le silence. Deux autres inspecteurs venaient d'entrer dans le bâtiment, traînant une nouvelle victime. Celle-ci était encore vivante, mais ensanglantée et à demi inconsciente.

— Que lui est-il arrivé ? s'enquit le commissaire.

— Rien, monsieur, répondit un des officiers. Nous l'avons arrêté pour tentative de cambriolage.

Les deux policiers poussèrent leur prisonnier contre la grille de la cellule. L'homme heurta les barreaux avec un bruit mat et lâcha un cri de douleur.

Un des inspecteurs ouvrit la porte et saisit sa matraque en cuir. Aidé par son collègue, il releva le prisonnier, le jeta sur le sol de la cellule et continua à s'acharner sur lui.

Ichabod détourna les yeux.

— Bon travail, approuva le commissaire, l'air satisfait.

Non, le pire de tous, songea Ichabod. *L'œuvre d'une société qui grandit plus vite que ses capacités de logique et de compassion.*

Si son supérieur refusait d'entendre raison, il n'hésiterait pas à porter l'affaire sur la place publique. La conférence semestrielle de lutte contre la criminalité devait avoir lieu le lendemain au commissariat. A l'invitation des forces de police dépassées par les événements, les citoyens y exposeraient leurs idées sur la prévention. Le commissaire, le bourgmestre et les magistrats décerneraient à l'auteur du meilleur projet une récompense en espèces sonnantes et trébuchantes.

Ichabod décida qu'il assisterait à la conférence... pas en tant qu'inspecteur, mais comme simple citoyen.

Il arriva au commissariat peu de temps après l'aube. A travers les fenêtres retentissait la clameur assourdissante des matins new-yorkais. On entendait beugler les laitiers, les ramoneurs, les boulangers et les vendeuses de maïs chaud dont les paniers remplis à ras bord répandaient un arôme douceâtre dans la pièce empestant la sueur.

Les présentations étaient tonitruantes et bâclées. On aurait dit que tout ce que New York comptait d'hurluberlus, d'inventeurs fous et de charlatans se pressait dans la salle. Beaucoup étaient arrivés avant le lever du soleil. Plus motivés par la cupidité que par la justice, ils exposaient des idées parfaitement abracadabrantes.

— Et d'ici quelques semaines, l'épidémie de vols à la tire ne sera plus qu'un mauvais souvenir ! braillait un petit homme au regard fuyant.

Il brandit un étrange portefeuille de cuir auquel était fixé une sorte de piège à souris.

— Confiez-moi une douzaine d'inspecteurs vêtus comme des gentlemen qui se mêleront à la population dans les quartiers à risques, et vous verrez !

Il rempocha le portefeuille et leva un bâton au bout duquel était fixée une main de bois. Lentement, il introduisit celle-ci dans sa poche.

— Regardez...

Le piège se déclencha.

Avec une grimace triomphante, l'homme brandit la main de bois dont les doigts avaient été tranchés.

Ichabod frémit. Un engin aussi ridicule que barbare...

— Je vous remercie, dit le bourgmestre avec un hochement de tête poli. Nous allons réfléchir à votre proposition, monsieur Vanderbilt. Suivant...

Ichabod se pencha en avant pour attirer l'attention du jury. Ses membres allaient sûrement lui donner la parole plutôt que d'assister à une autre démonstration de monstruosité gothique.

Mais le commissaire l'ignora.

— Monsieur Tomkins, appela-t-il.

Le type était vêtu de façon encore plus miteuse que son prédécesseur. Son invention ressemblait à une grande cage.

Incapable de se contenir, Ichabod bondit sur ses pieds.

— Messieurs ! cria-t-il. Dans quelques mois commencera le XIXe siècle...

— Attendez votre tour, inspecteur Crane, coupa sèchement son supérieur.

— Ces engins sont indignes d'une civilisation moderne, continua Ichabod sans se laisser démonter.

— Taisez-vous ! cria le bourgmestre. Monsieur Tomkins...

— Merci, dit l'orateur en ouvrant la porte de sa cage.

Le plancher était en acier. Une ardoise retenue par une ficelle pendait aux barreaux, et une pince métallique se balançait au plafond tel un chandelier.

— Ce confessionnal de mon invention est bon marché et ne réclame pas d'autre entretien qu'un coup de chiffon humide de temps en temps. Il vous fera toute une vie...

Ichabod griffonna furieusement quelques mots sur un bout de papier.

— Quand le criminel pose le pied à l'intérieur..., continua Tomkins.

— Arrêtez cet homme ! cria Ichabod.

Le commissaire le foudroya du regard.

— L'arrêter ?

— Oui ! Je l'accuse de meurtre.

— De quoi parlez-vous, espèce de malade ? cracha Tomkins.

Ichabod lui flanqua une bourrade pour le pousser dans la cage. Aussitôt, la porte se referma sur lui et la pince descendit du plafond pour venir lui serrer la tête.

Tomkins brailla ; la foule lâcha des cris de stupeur.

Ichabod plaqua son bout de papier sur l'ardoise.

— Signez ! ordonna-t-il.

— Le... levier de libération, haleta Tomkins, les yeux exorbités.

— Pas avant que vous ne vous soyez confessé, répliqua Ichabod.

Les traits tordus par la douleur, Tomkins s'exécuta. Ichabod récupéra sa feuille et actionna le levier.

— J'ai ici les aveux de cet homme pour le meurtre d'un malheureux que j'ai repêché dans le fleuve la nuit dernière ! tonna-t-il.

Tomkins s'effondra, à demi inconscient. Il fut emmené par un groupe de ses concitoyens tandis que la foule s'agitait de plus en plus.

Le commissaire se leva.

— Descendez de cette estrade, fulmina-t-il, sa moustache frémissant d'indignation.

— Au nom du bon sens et de la justice ! plaida Ichabod. Nos prisons débordent d'hommes et de femmes condamnés sur la foi d'aveux encore moins fiables que ceux-là !

Pendant que le commissaire jouait du maillet pour rétablir le silence, le bourgmestre se pencha en avant.

— Inspecteur Crane, voilà longtemps que vous nous chantez la même sérénade, mais vous n'aviez jamais encore fait appel à une orchestration aussi discordante. Deux solutions s'offrent à moi. Je pourrais vous laisser croupir en cellule pour vous enseigner le respect dû à ma position...

— Je vous prie de m'excuser, coupa Ichabod. Je ne voulais pas vous insulter. Mais suis-je donc le seul qui le comprenne ? Pour résoudre les crimes et pour démasquer les coupables, nous devons utiliser notre cerveau. Rechercher des indices en utilisant les dernières méthodes scientifiques...

— Ou bien, reprit le bourgmestre, mécontent, je pourrais vous envoyer à Sleepy Hollow. Avez-vous entendu parler de cet endroit ?

— Non, monsieur, répondit Ichabod, sourcils froncés.

— C'est une communauté agricole isolée dont les habitants sont pour la plupart d'origine hollandaise. Elle est à deux jours de voyage, vers le nord. Trois personnes y ont été assassinées en l'espace d'une semaine ; toutes ont été retrouvées décapitées.

Ichabod pâlit.

— Décapitées ?

— Aussi proprement que des pissenlits, acquiesça le bourgmestre. Puisque vous n'avez jamais mis vos idées en pratique...

— Parce qu'on m'en a toujours refusé la possibilité !

— Justement. Je vous propose de vous rendre à Sleepy Hollow pour faire vos petites expériences et déduire... euh, *démasquer* le meurtrier, comme vous dites. Puis le ramener pour le faire comparaître devant notre bonne justice. Qu'en pensez-vous ?

C'était une perspective stupéfiante.

Révoltante.

Et une occasion en or.

Ichabod déglutit, ravalant ses doutes.

— J'en serai ravi, déclara-t-il.

Le bourgmestre sourit.

— Souvenez-vous : à dater de ce jour, inspecteur, c'est vous qui êtes mis à l'épreuve.

CHAPITRE II

Sleepy Hollow.

Dans l'esprit d'Ichabod, ce nom évoquait des images de champs cultivés et de chemins poussiéreux, de gens robustes et illettrés, de maisons pleines de courants d'air, de rats et d'araignées.

Il pensait pouvoir s'habituer à tout, à part peut-être aux araignées.

Il détestait les araignées !

C'est un séjour temporaire, songea-t-il pour se réconforter.

Sa voiture devait venir le chercher à l'aube. Déjà, le ciel s'éclaircissait au-dessus des toits à pignons, de l'autre côté de la rue. Il n'avait pas fermé l'œil de la nuit, contemplant la ville de sa fenêtre comme s'il craignait de ne jamais la revoir.

Avec un sourire lugubre, il souleva une cage à oiseau, la posa sur le rebord de la fenêtre et ouvrit la petite porte. Le cardinal inclina la tête comme s'il avait du mal à croire en sa bonne fortune.

— Quelle journée pour un adieu, murmura Ichabod. Mais aussi triste que ce soit, il faut nous dire au revoir.

L'oiseau bondit de son perchoir et s'éloigna à tire d'aile. Ichabod le suivit du regard jusqu'à ce que son plumage écarlate se confonde avec les rayons du soleil levant.

En bas, une voiture s'arrêta devant sa porte.

Ils atteignirent le marché de Sleepy Hollow après deux jours et demi de voyage et un bon millier d'ornières boueuses.

La voiture cahotait violemment. Ichabod rentrait la tête dans les épaules pour ne pas se cogner à l'endroit où il avait déjà une belle bosse. Il se sentait fourbu, le corps recroquevillé et engourdi, les nerfs tendus comme des cordes de piano. Les hurlements de loups l'avaient empêché de fermer l'œil la nuit précédente.

Il ouvrit sa sacoche de cuir pour vérifier que tout était bien là. La lumière du soleil passait à flots par la fenêtre. Se reflétant sur le métal de ses instruments, elle faisait ressortir les cicatrices qui constellaient ses mains.

Devenu adulte, Ichabod avait cessé de s'interroger sur leur origine. Il préférait s'occuper des énigmes qu'il avait une chance de résoudre...

Là... La route de Sleepy Hollow.

Longue, droite et visiblement très fréquentée... Son entrée était flanquée par deux piliers de pierre massifs.

Les chevaux ralentirent et s'arrêtèrent.

— Je ne vais pas plus loin, marmonna le cocher. A partir d'ici, faudra vous débrouiller seul.

Ça commence bien, songea Ichabod. Il paya l'homme, et, pliant sous le poids de ses bagages, s'engagea sur la route.

S'il avait levé les yeux, il aurait remarqué les trois étranges choses suspendues aux ormes avec de la ficelle : des corbeaux morts.

Il poursuivit son chemin ; quand il atteignit le centre du village, les muscles de ses bras le brûlaient. Le soleil couchant projetait des ombres menaçantes sur les échoppes et les petites maisons entassées les unes contre les autres. Une église entourée par une grille de fer forgé se dressait un peu à l'écart.

Un endroit tranquille et anodin.

Un peu trop tranquille, pensa Ichabod.

Il repéra une vieille femme debout sous le porche de sa bicoque. Quand il souleva son chapeau pour la saluer, elle rentra précipitamment dans la maison et claqua la porte. Derrière une fenêtre du second étage, un homme à l'air soupçonneux ferma les volets.

Levant les yeux, Ichabod repéra quatre ou cinq silhouettes masculines sur les toits. Armées de fusils, ces sentinelles scrutaient l'horizon.

L'inspecteur s'éloigna de la place et s'engagea dans une prairie à l'herbe ondulante. Au milieu se dressait un bâtiment de bois carré surmonté d'une énorme cloche. Plusieurs habitants montaient la garde autour. Le visage buriné, ils portaient des vêtements de toile. Eux aussi étaient armés de fusils.

Ichabod fut distrait par un mouvement à l'endroit où la prairie rencontrait une forêt dense. Le soleil était en train de disparaître derrière les arbres, mais une poignée d'hommes allumaient des torches disposées à intervalles réguliers sur des poteaux de bois.

Un garçonnet d'environ dix ans traversait le champ, se dirigeant vers le bunker. Il portait un panier de pique-nique enveloppé d'un torchon, qu'il remit à un des gardes.

Celui-ci lui adressa un sourire reconnaissant.

— Ne t'inquiète pas, fils, dit-il.

Ce village est en état de siège, songea Ichabod. *Est-il possible que ce soit à cause des meurtres ?*

Une réaction plutôt extrême.

Il posa ses bagages et tira de sa poche la petite carte sur laquelle le bourgmestre avait noté le chemin de la maison de Baltus Van Tassel, l'homme qui avait requis l'aide de la police new-yorkaise.

Pour atteindre la demeure des Van Tassel, Ichabod devait traverser une partie des bois et franchir le pont couvert qui enjambait un torrent. Le manoir se dressait au sommet d'une colline. Il était large et d'apparence solide, avec un toit en pente douce. Son architecture combinait des éléments hollandais, français et anglais. Un peu plus loin, un moulin aux planches délavées se dressait dans un champ, sa vétusté faisant ressortir l'opulence du manoir.

Les fenêtres étaient illuminées. Les murs et le porche s'ornaient de citrouilles et d'autres décorations automnales. En s'approchant, Ichabod entendit de la musique et des rires.

Par les carreaux baignés d'une lueur ambrée, il distingua des couples qui évoluaient gracieusement sur une piste de danse. Rien ici n'évoquait la méfiance qui semblait tenir le reste du village dans un étau.

Le pouls d'Ichabod s'accéléra. Sa gorge était sèche. Il avait espéré rencontrer Baltus Van Tassel en privé, car il détestait les mondanités, il ne se sentait pas à l'aise dans la foule et ignorait tout de l'étiquette sociale.

Il marqua une pause pour remettre de l'ordre dans ses vêtements. Puis, avec raideur, il avança vers la porte d'entrée. Alors qu'il montait les marches et pénétrait dans la pénombre du porche, il se heurta à quelqu'un.

Surpris, il fit un bond en arrière. Un homme d'âge mûr, très bien mis, enlaçait une servante. Ichabod les avait surpris au milieu d'un baiser furtif. Il leur adressa un bref signe de tête et ouvrit la porte.

Une vague de musique l'accueillit : dans la grande salle de bal, l'orchestre attaquait une valse. Des sourires intenses, insistants et interrogateurs fleurirent autour de lui.

Des sourires qui lui souhaitaient la bienvenue et le jaugeaient en même temps.

Comment ces gens peuvent-ils faire la fête alors que la ville est sur le pied de guerre ? s'interrogea Ichabod.

De la sueur lui picotant la nuque, il se fraya un chemin dans la foule. Quand il s'enquit de Baltus Van Tassel, une femme le dirigea vers un petit salon. Là, les invités avaient formé un cercle. Epaule contre épaule, ils observaient un solide gaillard occupé à faire tourner sur elle-même une jeune fille aux yeux bandés.

Quand il la lâcha, le silence se fit. Les bras grands ouverts, elle avança d'un pas chancelant.

— La Sorcière Aveugle, la Sorcière Aveugle, qui donnera un baiser à la Sorcière Aveugle ? chantonna-t-elle.

Sur son chemin, les invités reculaient en étouffant leurs rires. L'homme qui l'avait fait tourner lui échappa de peu.

Ichabod jouait des coudes et scrutait les visages, s'efforçant de deviner lequel appartenait à Baltus Van Tassel.

— La Sorcière Aveugle, la Sorcière Aveugle, qui donnera un baiser à la Sorcière Aveugle ?

Deux bras se refermèrent autour d'Ichabod, le déséquilibrant. La jeune fille le tenait. Il sentit les regards curieux des invités de poser sur lui.

Non, non. Il ne manquait plus que ça, songea-t-il, paniqué.

Il tenta de se dégager, mais l'adolescente leva une main délicate et la posa sur sa joue. Il émanait d'elle un parfum de chèvrefeuille qui fit tourner la tête d'Ichabod. Ses cheveux avaient la couleur du lin filé ; sa caresse parut effacer la fatigue de l'inspecteur.

De l'autre côté de la pièce, le solide gaillard fixait Ichabod, mâchoires contractées par la jalousie.

— Un baiser ! Un baiser ! cria une voix enfantine.

— Elle doit d'abord deviner, intervint une femme élégante en prenant le bras de son mari.

Ichabod reconnut l'homme qu'il avait surpris sur le porche en compagnie de la servante.

— Est-ce... Théodore ? demanda la jeune fille aux yeux bandés.

Les invités éclatèrent de rire comme si elle venait de raconter une bonne blague.

— Pardonnez-moi, mademoiselle, balbutia Ichabod. Je ne suis qu'un étranger.

L'adolescente lui sourit.

— Dans ce cas, acceptez un baiser à crédit.

Avant qu'Ichabod puisse protester, elle lui planta un baiser sur la joue et recula avec un sourire taquin. Quand elle ôta son bandeau, les jambes d'Ichabod faillirent se dérober.

La jeune fille avait des yeux lumineux brillants comme des joyaux. Assurés, intelligents... mais aussi curieux, mystérieux et d'une étrange douceur.

Il n'avait jamais rien contemplé de plus exquis.

— Je, hum... (*Reprends-toi, pour l'amour du Ciel !*) Je cherche Baltus Van Tassel.

— Je suis sa fille, répliqua l'adolescente. Katrina Van Tassel.

Son « cavalier » surgit derrière elle.

— Et qui es-tu, l'ami ? demanda-t-il avec rudesse. Tu ne t'es pas encore présenté.

— C'est exact, je vous prie de m'excuser...

Ichabod sentit une main saisir son col.

— Toi, tu as besoin qu'on t'enseigne les bonnes manières, grogna son agresseur.

— Brom ! cria Katrina.

— Allons, allons ! Je ne veux pas de bagarres ici, dit une voix profonde.

Brom relâcha son étreinte.

Ichabod vit un couple se diriger vers lui. L'homme était de haute taille ; large d'épaules, portant des vêtements luxueux, le visage ridé mais plein de bienveillance, il tenait le bras d'une dame plus toute jeune mais encore très séduisante.

— Si ma femme et moi avons décidé de donner une soirée, c'est pour ramener un peu de bonne humeur en des temps troublés, continua-t-il.

Confus, Brom fit un pas en arrière.

— Jeune homme, ajouta Baltus Van Tassel à l'attention d'Ichabod, vous êtes le bienvenu dans cette maison, même si vous vendez quelque chose.

— Merci, monsieur. Je suis l'inspecteur Crane, envoyé par la police de New York pour enquêter sur les meurtres...

Un murmure courut dans le salon.

Les yeux exercés d'Ichabod remarquèrent que quatre hommes semblaient particulièrement intéressés par cette nouvelle. L'un d'eux était le type du porche ; le deuxième avait un regard de myope et tremblait légèrement ; le troisième, plus qu'à moitié ivre, ressemblait à un magistrat.

Le dernier membre du groupe retint plus particulièrement l'attention d'Ichabod : un vieux prêtre au visage bouffi et à l'air arrogant.

— A quoi pourrait bien nous servir un inspecteur ? demanda-t-il, méprisant.

Dame Van Tassel lui jeta un regard noir, puis se tourna vivement vers Ichabod.

— Sleepy Hollow vous est très reconnaissant d'avoir fait le déplacement, inspecteur Crane. J'espère que vous nous ferez l'honneur de loger dans notre demeure jusqu'à ce que vous ayez...

— Arrêté le coupable, ricana Brom.

Des rires apeurés mais pourtant sarcastiques saluèrent cette remarque.

Tant de crainte et de scepticisme, songea Ichabod. *Ils ont besoin de moi. Ils devraient être soulagés, pleins d'espoir, et ils me rient à la figure. Le meurtrier est-il si redoutable ou si insaisissable ?*

— Venez, monsieur, je vais vous faire donner une chambre, dit Baltus en l'invitant à le suivre.

Alors qu'il emboîtait le pas à son hôte, Ichabod sentit le regard de Brom peser sur sa nuque.

Anatomie. Physiologie. Techniques d'Investigation.

Ichabod disposait ses livres sur les étagères de sa chambre : une pièce confortable à défaut d'être luxueuse, avec un bureau d'acajou et une vaste cheminée.

Baltus l'avait invité à redescendre au salon une fois qu'il se serait rafraîchi et qu'il aurait pris un peu de repos.

Alors, il pourrait se présenter aux notables de Sleepy Hollow.

Ichabod tentait de se concentrer sur ce qu'il dirait à ces gens, mais le visage de Katrina revenait sans cesse le troubler. Chacune de ses inspirations charriait un parfum de chèvrefeuille. Chaque flamme dans la cheminée lui rappelait les reflets de *sa* chevelure.

N'y pense même pas ! Tu as vu le regard meurtrier de son prétendant ? Tu es venu pour résoudre une affaire de meurtre, pas pour figurer sur la liste des victimes.

Il pivota en entendant la porte s'ouvrir. Sarah, la servante qu'il avait surprise sous le porche en compagnie d'un homme, entra dans la chambre. Elle portait une cruche d'eau qu'elle posa sur la coiffeuse.

— Merci. Voulez-vous dire à M. Van Tassel que je descends dans un moment ?

— Ce sera fait.

La servante fit mine de sortir, s'arrêta avant de refermer la porte et lâcha :

— Heureusement que vous êtes venu !

Ichabod fut surpris par l'angoisse qu'il entendit dans sa voix. Mais il espéra que beaucoup d'autres gens auraient la même réaction.

Au rez-de-chaussée, la musique s'était tue. Les invités prenaient congé. Il ne devait pas trop tarder à descendre.

Ichabod versa l'eau dans la cuvette. Il s'en aspergea le visage et frissonna.

Après le départ des invités, quatre hommes demeurèrent dans le salon avec Baltus Van Tassel et sa femme. Tendus, ils attendirent Ichabod en silence pendant que les domestiques, autour d'eux, nettoyaient la pièce.

Le juge Philipse sirota une gorgée de cognac. Baltus Van Tassel était réputé pour avoir la meilleure cave de la ville. Philipse pouvait témoigner personnellement de la qualité de ses alcools. Plus il était stressé, moins il parlait et plus il buvait.

Ce soir, il ne pipait mot et avait atteint un remarquable état d'ébriété.

Le vieux notaire Hardenbrook plissa les yeux en rajustant ses lunettes. Plus d'un demi-siècle à se pencher sur les registres administratifs de Sleepy Hollow l'avait rendu presque aussi myope qu'une chauve-souris... et ne lui avait pas donné un caractère beaucoup plus heureux.

— De New York, pas moins, grommela-t-il.

— C'est une perte de temps, acquiesça le docteur Lancaster en jetant un coup d'œil furtif vers Sarah.

Ce quinquagénaire heureux en ménage depuis vingt-cinq ans était bien déterminé à se faire pardonner son moment d'égarement. Il transpirait abondamment, comme chaque fois qu'il était en proie à la culpabilité... ce qui lui arrivait souvent.

Le révérend Steenwyck réagit aux paroles des autres avec son dédain habituel. Son goitre palpitant de vertu et de sévérité, il se tourna vers Baltus.

— Que peut-il bien faire ? demanda-t-il, sceptique.

— Messieurs, messieurs, les réprimanda Baltus, avant de les exhorter à attendre et à laisser l'inspecteur leur exposer son plan.

Alors que Sarah passait devant le docteur, celui-ci se pencha et, malgré lui, effleura du bout des doigts l'ourlet de sa robe. Un léger sourire naquit sur ses lèvres.

Dame Van Tassel haussa un sourcil et détourna le regard.

Ichabod prit une profonde inspiration et ouvrit la porte du salon. Sarah se tenait de l'autre côté. Elle lui fit un petit sourire, s'effaça pour le laisser passer et referma en sortant.

Un peloton d'exécution. Telle fut l'impression que les quatre notables produisirent sur Ichabod. Seuls les Van Tassel semblaient se réjouir de sa présence.

— Entrez, entrez, le pressa aimablement Baltus. (Puis, à l'attention de sa femme :) Laisse-nous, ma chérie.

Le sourire de dame Van Tassel s'évanouit, mais elle hocha la tête et obéit.

— Je vous présente le docteur Thomas Lancaster, déclara Baltus. A sa gauche se tiennent le révérend Steenwyck et notre très compétent juge Philipse. Quant à ce gentilhomme, c'est James Hardenbrook, notre notaire.

— Et vous, monsieur ? s'enquit Ichabod.

— Je ne suis qu'un simple fermier..., commença Baltus.

Ses compagnons eurent une quinte de toux discrète.

— ... qui a beaucoup prospéré et à qui les notables demandent parfois conseil, reconnut-il.

— Et aussi le principal propriétaire terrien de Sleepy Hollow, ainsi que son banquier, ajouta Philipse. Inspecteur Crane, nous vous écoutons.

— Merci.

Ichabod ne perdit pas de temps en préambules.

— Trois personnes ont été assassinées ici. D'abord Peter Van Garrett et son fils Dick : deux hommes robustes retrouvés ensemble, décapités. Et une semaine plus tard, la veuve Winship, également décapitée. J'aurai beaucoup de questions à vous poser. Mais d'abord, je voudrais savoir si vous soupçonnez quelqu'un.

Baltus lui jeta un regard surpris.

— Je ne comprends pas...

— Avez-vous des raisons de suspecter un de vos concitoyens ?

Les quatre notables s'agitèrent sur leur siège. Aucun d'eux n'osait regarder Ichabod en face ; tout dans leur attitude indiquait qu'ils ne lui faisaient pas confiance.

— Inspecteur... Que vous ont expliqué vos supérieurs, au juste ? s'enquit Baltus sur un ton indulgent.

— Seulement que les trois victimes ont été tuées en extérieur, et qu'on a retrouvé leur tête tranchée...

— Leurs têtes n'ont pas été retrouvées *tranchées*, corrigea le révérend Steenwyck. Elles n'ont pas été retrouvées *du tout*.

— Les têtes ont disparu ? s'étrangla Ichabod.

— Absolument. (Hardenbrook se pencha en avant, ses yeux chassieux rivés sur Ichabod.) Emportées en enfer par le Cavalier Sans Tête.

Ce n'était pas ce qu'attendait Ichabod. Rien dans ses études ne l'avait préparé à ça.

— Par-pardonnez-moi, balbutia-t-il. Je...

— Vous feriez mieux de vous asseoir, suggéra Baltus.

Pendant qu'Ichabod choisissait un fauteuil près de la cheminée, il alluma sa pipe d'un air pensif, versa un verre de cognac à son invité et s'assit confortablement pour lui raconter l'histoire du Cavalier Sans Tête.

CHAPITRE III

— Le Cavalier était un mercenaire hessois envoyé sur nos rivages par les princes allemands pour maintenir les Américains sous le joug anglais, dit Baltus. Contrairement à ses camarades, venus pour gagner de l'argent, il avait accepté cette mission par amour du carnage. Il ne leur ressemblait en rien.

Les quatre notables dévisageaient Ichabod. Concentré pour ne pas perdre une miette du récit de Baltus, celui-ci s'efforçait de les ignorer.

— Il chevauchait un monstrueux étalon noir baptisé Daredevil. Au combat, il fendait les rangs ennemis au galop, décapitant ses victimes sur son passage.

« Sa hache de guerre était si énorme et si lourde qu'il aurait fallu deux hommes ordinaires pour la soulever. Et ce n'était qu'une des armes de son arsenal, qui comprenait aussi une épée dentelée. Sa seule vue glaçait les sangs, car il avait taillé ses propres dents en pointe pour ajouter à la férocité de son apparence.

Baltus eut une grimace qui fit frissonner Ichabod et arracha des gloussements nerveux aux notables. Avec un sourire forcé, il sirota une gorgée de cognac et reprit :

— Ce boucher est finalement tombé pendant l'hiver 79, il y a vingt ans, dans les bois qui se dressent non loin d'ici. Il voulait tendre une embuscade aux révolutionnaires, mais il les avait sous-estimés. Si ses ennemis manquaient d'armes et d'équipement, ils compensaient par une abondance de courage et d'astuce. Ils avaient réussi à localiser l'endroit où le Cavalier se cachait, attendant de passer à l'action. Ce jour-là, ils déplacèrent leur artillerie et allèrent l'y débusquer.

« Un boulet de canon déchira le feuillage des arbres. Il manqua le Hessois, mais blessa Daredevil. Le Cavalier étant très attaché à sa monture, la soif de vengeance fit bouillonner son sang. Pourtant, il n'était pas préparé à affronter les six révolutionnaires qui lui tombèrent dessus, vêtus de tuniques en lambeaux mais armés de mousquets.

« Le Cavalier n'eut pas d'autre choix que la fuite. Il distança ses agresseurs et s'arrêta pour reprendre son souffle dans une petite clairière, au plus dense de la forêt. Là, il voulut leur tendre une embuscade.

Baltus s'interrompit le temps d'allumer sa pipe. Visiblement, il savourait l'expression fascinée d'Ichabod.

— Mais il ne fut pas assez discret. Il marcha sur une branche dont le craquement résonna comme un coup de feu dans les bois silencieux. « Ici ! » s'exclamèrent les soldats. Ils se rapprochèrent et ne tardèrent pas à l'encercler. L'un d'eux mit un genou en terre et le visa avec son fusil.

« Le Cavalier fut prompt à réagir. D'une main, il dégaina son épée. De l'autre, il sortit sa dague et la lança vers le tireur. La lame s'enfonça dans son œil gauche.

Ichabod sentit son estomac se nouer.

— Un deuxième soldat fit feu, continua Baltus. La balle atteignit le Cavalier au bras, le forçant à lâcher son épée. Un combattant moins aguerri serait tombé, mais la vigueur du Cavalier n'avait d'égale que sa soif de sang. De sa main encore valide, il empoigna sa hache de guerre et chargea les cinq hommes.

« En cet après-midi d'hiver, le fracas des lames qui s'entrechoquaient fut emporté par les eaux de l'Hudson... jusqu'à ce qu'une épée s'enfonce dans le flanc du Hessois et le fasse tomber à genoux. Malgré sa mauvaise position, il réussit à tuer son adversaire.

« Alors qu'il luttait pour retirer sa lame, coincée dans un os, les quatre derniers soldats se jetèrent sur lui. Ils auraient pu le laisser saigner à mort, mais ils ne voulaient pas prendre de risques avec ce diable d'homme. Ils lui tranchèrent la tête avec sa propre hache et la posèrent près de son cadavre dans une tombe peu profonde.

« On dit que Daredevil, blessé et boitillant, se fraya un chemin dans les bois pour venir mourir près de son maître. Depuis, la forêt est un endroit hanté où les plus braves d'entre nous n'osent pas s'aventurer, car une graine maléfique a été plantée dans son sol. Et voilà vingt ans qu'il en est ainsi...

Baltus Van Tassel mordilla le tuyau de sa pipe. La fumée odorante du tabac formait un nuage autour de sa tête avant de se dissiper en minces volutes blanches.

Une bourrasque soudaine s'engouffra en sifflant dans la cheminée.

Ichabod frissonna.

Calme-toi. Ce n'est qu'une légende locale au sujet d'un type mort depuis longtemps... s'il a jamais existé. Rien à voir avec l'affaire qui nous préoccupe. Je ne dois pas me laisser détourner de mes recherches.

— Mais le Hessois vient de se réveiller, déclara Baltus. Il s'est remis en chasse et tranche la tête de tous les malheureux qui croisent son chemin.

Ichabod faillit s'étrangler avec son cognac.

— Ne me dites pas que... c'est ce que vous croyez ?

— Nous croyons ce que nous voyons, répliqua le vieil Hardenbrook.

— Personne ne sait pourquoi le Cavalier a choisi ce moment pour sortir de la tombe, ajouta le docteur Lancaster.

— Il a sans doute reçu une injonction de Satan ! s'exclama le révérend Steenwyck.

Ils le croient vraiment, réalisa Ichabod, abasourdi. *Ils pensent qu'un fantôme est l'auteur de ces meurtres. Pas étonnant qu'ils n'aient aucun suspect à me proposer.*

— On me dit que vous avez apporté des ouvrages sur les méthodes d'investigation modernes, reprit le révérend. (Il se leva et saisit une Bible posée sur la table du salon.) Voici le seul livre que je vous recommande d'étudier.

Il le laissa tomber devant Ichabod, qui sursauta.

La Bible des Van Tassel était un volume relié de cuir et doré sur tranche bien plus beau que tous ceux qu'il possédait. Il l'ouvrit d'un geste respectueux.

Sur la page de garde, quelqu'un avait dessiné un arbre généalogique. Ichabod parcourut du regard une liste d'ancêtres courant sur plusieurs générations.

Ne te laisse pas distraire. Concentre-toi.

Il referma la Bible et leva les yeux.

— Révérend Steenwyck... Messieurs... Je n'ai jamais entendu parler d'un meurtre commis par un fantôme. Lequel d'entre vous a vu le Cavalier Sans Tête de ses yeux ?

Les cinq hommes se regardèrent, mal à l'aise. Comme Ichabod s'y attendait, aucun ne se désigna.

— D'autres l'ont vu, déclara enfin Hardenbrook. Beaucoup d'autres.

— Vous le verrez aussi s'il revient, ajouta Baltus. Les habitants du village montent la garde...

Ichabod eut un sourire indulgent.

— Des meurtres se produisent tous les jours à New York sans que les goules et les gobelins n'y soient pour rien, dit-il.

— Mais ici, vous êtes très loin de New York, répliqua Baltus.

— Un siècle en arrière, au moins, acquiesça Ichabod. L'assassin est un être de chair et de sang. Je le démasquerai.

Le révérend Steenwyck se figea.

— Et comment comptez-vous vous y prendre ? lâcha-t-il.

— En découvrant son mobile, répondit Ichabod. La raison qui l'a poussé à commettre les meurtres ! Croyez-moi, ce mystère ne résistera pas à une investigation rationnelle.

Pour donner plus de poids à son affirmation, il fit un grand geste de la main qui envoya voler son verre de cognac à travers la pièce.

Baltus et les notables s'efforcèrent de ne pas éclater de rire.

Embarrassé, Ichabod baissa les yeux vers le sol où s'était brisé le verre...

... Et sa crédibilité avec, réalisa-t-il.

Flottant dans la maison, les voix des hommes remontèrent jusqu'à la chambre à coucher de Katrina Van Tassel. Elle parvenait à les distinguer les unes des autres, mais pas à comprendre leur conversation.

Son père mis à part, le seul membre de l'assemblée qui ne semblât pas totalement dénué de compassion était l'inspecteur Crane. Dommage qu'il ait l'air aussi lourdaud...

Longtemps après que les voix se furent tues et qu'Ichabod eut regagné sa chambre, Katrina se prépara au coucher. Fidèle à son habitude, sa belle-mère vint la voir pour bavarder un peu avant la nuit. Elle prit une brosse et lustra la chevelure de la jeune fille.

— Je suis très déçue, avoua Katrina. Notre premier visiteur de New York, et il ne sait même pas se tenir ! Une maladresse pareille, c'est à peine croyable !

— Rien à voir avec ton Brom, acquiesça dame Van Tassel.

Quelqu'un frappa à la porte ; elle tendit la brosse à Katrina.

— Continue. J'en étais à quarante-quatre coups.

Elle se leva et alla ouvrir. Sarah se tenait sur le seuil de la chambre.

— L'inspecteur voudrait la Bible, madame, dit la servante en esquissant une courbette.

— La Bible ? répéta dame Van Tassel, surprise.

— Je la lui apporterai, proposa Katrina.

Sarah s'inclina de nouveau et battit en retraite. Tandis qu'elle s'éloignait dans le couloir, dame Van Tassel tourna vers sa belle-fille un visage perplexe.

— Nous verrons si ses discours de citadin lui vont mieux que ses vêtements, dit Katrina.

La première soirée m'apprend qu'il y aura plus d'obstacles que prévu. Mon ennemi numéro un, je le crains, sera la nature superstitieuse de ces braves campagnards...

Ichabod relut ses propres mots pour la centième fois et, avec un soupir exaspéré, reposa sa plume. Il n'avait pas le cœur à continuer, ni à consulter les livres qu'il avait amenés.

Un défi se présentait à lui : il devrait combattre l'ignorance en sus du crime.

Si seulement il n'avait pas été hanté par le souvenir de cette fille...

Elle est fiancée à quelqu'un d'autre. A cette espèce de gorille, songea-t-il.

Travaille, Ichabod. C'est le seul moyen de t'en sortir.

Au moment où il reprenait sa plume, des coups résonnèrent à sa porte. La servante revenait enfin avec la Bible des Van Tassel. Il la lui avait réclamée si longtemps avant qu'il craignait qu'elle n'ait oublié.

— Oui, entrez ! cria-t-il par-dessus son épaule.

L'arbre généalogique de la page de garde lui révélerait peut-être quelque chose. Un nom avait attiré son attention quand il l'avait parcouru dans le salon, mais il n'avait pas eu le temps d'y réfléchir.

Derrière lui, la porte s'ouvrit et il entendit des pas feutrés .

— Merci, dit-il sans se retourner. Laissez-la sur la table de nuit. Ce sera tout pour ce soir.

Non ! *Les domestiques sont toujours bien informés. Profites-en pour interroger cette fille.*

— Attendez. Que savez-vous au sujet du rustre qui semble être le fiancé de... ?

En parlant, il s'était retourné et se retrouva face à Katrina Van Tassel.

Il sursauta. Sa hanche heurta le bureau, et une pile de documents tomba sur le sol.

— Pardonnez-moi, balbutia-t-il. J'avais demandé à Sarah de m'apporter...

— Ainsi, vous n'avez pas trouvé de réponse dans vos ouvrages scientifiques, et vous tournez vers la Bible, dit Katrina avec un sourire moqueur.

Ichabod se reprit.

— Je vois qu'on parle de moi dans la maison...

— Entre autres choses. Même dans un endroit aussi reculé, nous avons des tas de sujets de conversation.

— Désolé, je ne voulais pas vous offenser. Je n'ai pas l'habitude de...

Elle me fait perdre l'usage de la parole.

— Parler aux femmes ? suggéra Katrina.

— Fréquenter la bonne société, la détrompa Ichabod.

— Comment pouvez-vous l'éviter à New York ? J'aimerais tant aller à l'opéra, au théâtre et au bal ! Ce doit être merveilleux !

Ichabod lutta contre l'envie pressante de se faire passer pour plus cultivé et mondain qu'il ne l'était. Mais Katrina voyait clair en lui. Rien ne lui échappait.

— Je n'y ai jamais mis les pieds, avoua-t-il.

— Et au musée ? A un concert ?

— Non plus.

— Dans ce cas, vous n'avez rien à m'apprendre.

Ces paroles firent frémir Ichabod de déception. Mais une idée se formait déjà dans son esprit.

— Peut-être que si. Croyez-vous que les Van Garrett et la veuve Winship ont été assassinés par le Cavalier Sans Tête ?

— Tout le monde ici ne partage pas cette opinion, déclara Katrina.

Enfin, quelqu'un qui a les pieds sur terre, se félicita Ichabod.

— Parfait.

— Certains pensent que c'est la sorcière de la forêt qui a conclu un pacte avec Lucifer, acheva Katrina.

Les épaules d'Ichabod s'affaissèrent. Tout bien pesé, la jeune fille était aussi provinciale et irrationnelle que les autres.

— Les fantômes et les sorcières n'existent pas, lâcha-t-il sèchement. Tout le monde est-il aussi superstitieux à Sleepy Hollow ?

— Pourquoi avez-vous peur de la magie ? demanda Katrina. Elle n'est pas forcément maléfique. Dans ces bois se tapissent des vérités fondamentales que les citadins ont oubliées.

— La vérité et la magie s'excluent mutuellement, répliqua Ichabod.

— Vous êtes stupide. Il est bien connu que faire bouillir des racines de saule et une patte de corbeau dans le lait d'une chèvre blanche, puis réciter des charmes en administrant le breuvage à un malade, permet de faire tomber sa fièvre !

— La prochaine fois, essayez le lait chaud tout seul. (Ichabod en avait assez entendu.) Et maintenant, si vous voulez bien m'excuser...

— Volontiers. Je n'aurais pas dû interrompre notre sauveur, railla Katrina.

Elle se dirigea vers la porte.

— Pour ce qui est de votre première question, le rustre dont vous parliez m'a demandée en mariage.

Cette déclaration ébranla Ichabod.

— J'en suis ravi pour vous..., mentit-il.

Katrina lui jeta un coup d'œil par-dessus son épaule.

— Brom Van Brunt m'a demandée en mariage plusieurs fois, précisa-t-elle.

Elle marqua une pause et sourit, laissant à ces deux derniers mots le temps de s'inscrire dans le cerveau d'Ichabod. Quand elle sortit enfin, toute vie sembla se retirer de la chambre avec elle.

Ichabod dut s'asseoir.

Le regard rivé sur la Bible, il prit de longues inspirations pour se calmer. Il avait du pain sur la planche. Un dur labeur mental l'attendait, nécessitant toute sa logique et ses facultés de raisonnement.

Il ne pouvait pas se laisser aller à des considérations sentimentales déplacées, ni perdre du temps à s'interroger sur les propos mystérieux de la gent féminine.

Ouvrant la Bible, il prit des notes.

Katrina Van Tassel — née en 1779

Elizabeth Kierstadt, première femme de Baltus Van Tassel — décédée en 1797

La mère de Katrina était morte depuis deux ans à peine, nota Ichabod. Ça ne le surprenait pas : il avait lu de la tristesse derrière le sourire de la jeune fille, et aperçu les recoins d'ombre que les flammes de sa gaieté ne dissipaient pas et où elle ne laisserait pénétrer personne. Elle avait dû aimer sa mère de toute son âme.

C'est le genre de blessure qui ne se referme pas. Tout ce qu'on peut faire, c'est la dissimuler au regard des autres.

Et, si nécessaire, au sien.

Toutes les pensées d'Ichabod le ramenaient vers Katrina. Il s'imagina en train de la tenir dans ses bras, de la réconforter, de lui chuchoter qu'il comprenait. Qu'elle n'avait pas besoin de lui en parler.

Et tandis qu'il se représentait la jeune fille, un autre visage, aussi doux et adorable, se superposa à celui de Katrina, rouvrant sa propre blessure et laissant les ténèbres envahir son âme.

Le visage de sa mère.

Non. Pas maintenant. Concentre-toi sur ton travail. Tu as peut-être mis le doigt sur quelque chose.

Il reprit sa plume et écrivit résolument :

Dame Van Tassel — seconde femme de Baltus

Nom de l'oncle par alliance de Baltus (le mari de la sœur de son père) : Van Garrett

Comme les deux premières victimes de l'assassin mystérieux. Se pouvait-il que Baltus lui-même soit impliqué dans cette affaire ? Mais quel serait son mobile ?

Concentré sur son travail, Ichabod remarqua à peine le grondement lointain qui montait de la forêt.

Jonathan Masbath, lui, ne manqua pas de réagir. Inquiet, il s'accroupit derrière la fenêtre du bunker et plissa les yeux. A l'autre bout de la prairie, la lisière des arbres formait un rideau sombre éclairé à intervalles réguliers par la lumière des torches.

Ce bruit ne lui était que trop familier. Tout comme le brouillard qui se levait, spectral et épais, montant du sol pour éteindre les flambeaux un à un.

— Montre-toi, démon, murmura Masbath en épaulant son fusil. Montre-toi...

Comme en réponse à son appel, une silhouette émergea de la brume.

L'apparition n'avait rien d'intangible. Elle montait un étalon noir dont les flancs luisaient au clair de lune comme de l'onyx poli et dont les sabots faisait vibrer le sol. Sa cape flottait derrière ses larges épaules. Si le cavalier était bien un démon, il n'avait pas de cornes pour trahir son identité.

A dire vrai, il n'avait pas de tête du tout.

Le Hessois était à mi-chemin du bunker quand Masbath tira. La détonation résonna sèchement à ses oreilles. La balle passa en sifflant à l'endroit où aurait dû être la tête du cavalier. Mais celui-ci ne ralentit pas sa course pour autant.

Les mains tremblantes, les paumes en sueur, Masbath rechargea. Il visa de son mieux le corps qui grossissait dans son champ de vision. Cette fois, la balle atteignit sa cible. Mais loin de changer de trajectoire, le cavalier accéléra.

Le bunker ne semblait plus un refuge aussi sûr. Masbath bondit sur ses pieds et s'élança dans la prairie.

CRAC !

Masbath accéléra. Il savait que le bruit qu'il venait d'entendre était celui de la hache du Hessois s'abattant sur le toit du bunker... et que le coup lui était destiné.

Malgré ses lourdes bottes ferrées, il avait l'impression que ses pieds ne touchaient pas le sol.

Les arbres. Ils me protégeront.

Le cavalier gagnait du terrain. L'attaque contre le bunker l'avait un peu ralenti, mais il reprenait de la vitesse.

Masbath plongea dans les ténèbres de la forêt. Des branches lui cinglèrent le visage, des racines agrippèrent ses chevilles.

Derrière lui, le fracas des sabots se rapprochait toujours.

Il n'a pas d'yeux, songea-t-il, affolé. *Comment peut-il...*

Soudain, il entendit un sifflement.

Il n'eut pas le temps de voir scintiller la lame de la hache qui lui trancha le cou.

CHAPITRE IV

— Il s'appelle Gunpowder, dit M. Killian, le propriétaire des écuries de Sleepy Hollow.

Avec un sourire affectueux, il ouvrit la stalle où se tenait un petit cheval miteux.

J'espère qu'il plaisante...

Ichabod avait voulu prendre un nouveau départ ce matin, mais les choses semblaient mal engagées. Sleepy Hollow méritait bien son nom : même les chevaux y avaient l'air endormi.

Il posa sa sacoche aux flancs gonflés par son équipement de détection. Il n'avait pas beaucoup d'argent, mais sûrement assez pour louer une monture robuste et rapide, qui lui permettrait de pourchasser un meurtrier dangereux et sans doute armé.

Gunpowder avait l'air d'être né avant la Révolution, et de ne pas l'avoir vécue du côté des gagnants.

— Un très beau nom, approuva Ichabod. Mais n'auriez-vous pas un animal un peu plus grand... et peut-être un peu plus jeune ?

Killian lui jeta un regard de connaisseur.

— Vous voulez un cheval rapide, c'est bien ça ?

— Voilà.

— Capable de galoper pendant des heures ?

— Exactement, dit Ichabod en reprenant espoir.

— Pas de chance : je n'en ai pas.

— Oh.

— Du moins, pas à ce prix-là, dit Killian.

Il parle comme un vrai New-Yorkais, songea Ichabod, dégoûté.

— Eh bien, je suis certain que Gunpowder fera l'affaire. Merci beaucoup.

— A votre service. Si vous avez besoin d'aide, appelez-moi.

Killian se détourna et appela son jeune fils, qui était en train de nourrir une autre bête.

— Tu peux aller déjeuner, Tom. Embrasse ta mère une fois de ta part et deux fois de la mienne.

L'enfant sourit et s'éloigna.

Ichabod enviait le bonheur domestique de Killian. Un instant, il s'imagina à sa place, troquant sa quête de la vérité contre une vie paisible avec une femme qu'il aimerait plus que tout.

Il allait seller Gunpowder quand une idée lui vint.

— Monsieur Killian... J'étais en train de penser à la vieille femme qui s'est fait assassiner...

— Quelle vieille femme ?

— La veuve Winship.

Le propriétaire éclata de rire.

— Qui vous a dit qu'elle était vieille ? C'était encore une belle jeune femme. Elle a été fauchée dans la fleur de l'âge.

PAN !

Une détonation... Un cavalier galopait vers l'écurie, brandissant son mousquet.

— C'est Van Ripper, marmonna Killian, soudain inquiet. Je me demande ce qui lui arrive...

— A l'assassin ! A l'assassin ! Le Cavalier Sans Tête a encore frappé !

Ichabod n'avait plus le temps de tergiverser. Il faudrait bien que Gunpowder fasse l'affaire.

Déjà, dans les rues de Sleepy Hollow résonnaient les cris des habitants, les hennissements des chevaux et les grincements des carrioles.

Le temps qu'Ichabod finisse de seller son cheval, il fut le dernier à quitter la ville. Il eut beau jouer des talons, Gunpowder semblait hébété, comme si sa seule envie était de retourner dans son box faire une sieste.

Brom Van Brunt galopait en tête, monté sur un étalon noir et suivi de près par la jument de Philipse. Les cavaliers disparurent dans le bois bien avant qu'Ichabod n'ait pu les rattraper.

Il lui sembla que sa vieille carne mettait des heures à traverser la prairie. Quand il rejoignit enfin la foule de villageois, Baltus donnait déjà des instructions.

— Monsieur Miller, allez chercher le croque-mort. Les autres, montez la garde.

Un jeune homme à l'air obtus se planta devant lui et le dévisagea attentivement.

— Non, Glen, ce n'est pas moi qu'il faut surveiller, cria Baltus. Je ne vais pas me couper la tête tout seul.

Ichabod guida Gunpowder vers le cercle de curieux qui s'était formé autour du cadavre.

Quelques-uns détournaient la tête ; d'autres semblaient hésiter entre répulsion et fascination malsaine. Au centre, le docteur Lancaster retourna ce qui restait de la victime.

La plaie est bien nette, ne put s'empêcher de remarquer Ichabod.

Il lutta contre la nausée qui le gagnait. Comme pour l'accabler davantage, Brom se dirigea vers lui en ricanant.

— C'est une fière monture que vous avez là, Crane.

Il n'avait pas l'air spécialement inquiet ou affecté par la vision du cadavre. Ichabod ne pouvant détacher son regard du mort, il ignora Brom.

Quand il mit pied à terre, il dut s'accrocher aux rênes pour ne pas tomber. Ses jambes tremblaient.

C'est l'œuvre d'un barbare, d'un boucher ou d'un équarrisseur...

Ichabod connaissait bien la puanteur de la décomposition, de la maladie et de la pauvreté. Il avait vu les corps ensanglantés de victimes des gangs mortes sous la torture. Il affrontait quotidiennement les horreurs de la ville américaine où le taux de criminalité était le plus élevé... Mais le spectacle de ce cadavre décapité lui semblait pire que tout.

Le docteur Lancaster leva la tête vers lui.

— Quatrième victime : Jonathan Masbath, déclara-t-il d'une voix atone.

Ichabod reconnut le garde aperçu devant le bunker la veille.

Un père de famille.

— Où... Où est la tête ?

— Disparue, répondit le Juge Philipse.

— Disparue ? répéta Ichabod.

Réfléchis. Il doit y avoir une raison pour que le meurtrier l'ait emportée. Tous les actes des criminels ont une explication. Tu dois juste te mettre à sa place pour le comprendre.

Ichabod songea aux innombrables cas qu'il avait étudiés dans ses livres. Ces meurtres avaient semblé insolubles au départ, mais la logique avait fini par triompher.

Du coin de l'œil, il vit le docteur Lancaster saisir le magistrat par le bras. Philipse se dégagea et tâtonna dans sa poche à la recherche d'une flasque de whisky.

Tout le monde était choqué, mais Ichabod trouva particulièrement étrange le comportement de ces deux individus. Ils ne semblaient pas tant atterrés qu'inquiets, comme s'ils étaient coupables... Bien que ce fût impossible : le meurtrier devait être un homme exceptionnellement robuste ; aucun des notables n'aurait eu la force de trancher une tête d'un seul coup.

Simple nervosité, en conclut Ichabod. Il ne pouvait pas les blâmer d'avoir du mal à conserver leur calme et leur professionnalisme. Seul un investigateur chevronné en aurait été capable...

Aurait dû en être capable !

Imagine ce que veut le meurtrier.

Une idée commençait à prendre forme dans son esprit.

— Intéressant, marmonna-t-il. Très intéressant.

— Qu'y a-t-il ? s'enquit Baltus.

— Dans la plupart des cas de décapitation, déclara Ichabod d'une voix forte pour être entendu de tous, l'assassin prélève la tête afin d'empêcher l'identification du corps.

Baltus lui jeta un regard sceptique.

— Mais nous savons qu'il s'agit de Jonathan Masbath, protesta-t-il.

— Exactement. Alors pourquoi la tête a-t-elle disparu ? répliqua Ichabod.

Il balaya la foule du regard. Tous les villageois le fixaient, pleins d'expectative.

— Oui, pourquoi ? répéta Baltus.

— Je l'ignore, avoua Ichabod.

Philipse but une longue gorgée de whisky.

Ichabod se força à observer le cadavre qui reposait les bras le long du corps, comme un gisant.

— L'avez-vous déplacé ? demanda-t-il soudain.

— Oui, répondit le docteur Lancaster.

Ah ! Ah ! Manquement au protocole des investigations judiciaires, songea Ichabod.

— Il ne faut jamais déplacer un cadavre !

— Et pourquoi donc ?

— Parce que !

La force de sa propre voix surprit Ichabod et sembla impressionner les villageois. Avec une assurance nouvelle, il examina les lieux du crime.

La foule s'écarta pour lui permettre de s'agenouiller près d'une profonde empreinte de sabot. Ouvrant sa sacoche, Ichabod en sortit un bol, une bouteille d'eau et un sac de plâtre. Avec des gestes précis et efficaces, il mélangea la poudre et le liquide jusqu'à obtenir la consistance recherchée.

— Qu'est-ce que c'est ? s'enquit Brom.

— Vous êtes le forgeron de la ville, je crois, répliqua Ichabod en versant du plâtre liquide dans l'empreinte. Avez-vous déjà ferré un cheval qui ait des sabots aussi larges ?

Brom secoua la tête.

— C'est vrai qu'ils sont énormes, reconnut-il.

Ichabod attendit que le plâtre prenne. Il referma sa sacoche et étudia le sol.

Une deuxième empreinte était à demi masquée par des feuilles mortes. Ichabod la dégagea et, suivant sa direction, en découvrit une troisième beaucoup plus éloignée qu'il ne s'y attendait. Posant un pied dessus, il bondit jusqu'à la suivante, et celle d'après, et encore celle d'après.

Les villageois se regardèrent. Qu'est-ce qui lui prenait de jouer à la marelle au beau milieu des bois ?

— C'est un fou, chuchota le docteur Lancaster à l'oreille de Philipse.

— Nous sommes tous fous ! répliqua le juge d'une voix pâteuse légèrement trop forte. Et à égalité devant la mort.

— Silence, siffla le docteur Lancaster.

— Les foulées sont gigantesques, dit Ichabod.

Il revint sur ses pas en bondissant, comme à l'aller.

— Il a rattrapé Masbath, l'a décapité au passage... Puis il a fait faire demi-tour à son cheval, et il est revenu... (Ichabod s'immobilisa près du cadavre.) ... récupérer la tête.

Même Brom était maintenant suspendu à ses lèvres.

L'esprit d'Ichabod bouillonnait.

— Cet homme avait-il des ennemis ? demanda-t-il à voix haute.

— Au moins un, visiblement, ricana Philipse dont l'haleine empestait l'alcool.

Ichabod se tourna vers Van Ripper. A en juger par son expression morne et son regard vide, l'homme ne devait pas souvent être visité par l'inspiration divine.

— Montrez-moi où reposait le cou.

Van Ripper déglutit et, d'un doigt tremblant, désigna un point sur le sol.

Ichabod sortit de sa sacoche un flacon plein d'une poudre verte dont il répandit une fine couche à l'endroit indiqué.

Cette substance réagissait au contact du sang en produisant plus ou moins de bulles. Ichabod se prépara à une explosion miniature...

Mais la poudre se contenta de grésiller légèrement.

Bizarre. Ce malheureux a été décapité, pour l'amour du Ciel !

— Une réaction chimique, expliqua-t-il brièvement. Elle montre qu'il y a eu très peu de sang versé.

Van Ripper haussa les épaules.

— Je n'en ai pas vu du tout, avoua-t-il.

Examine le cou pour trouver des indices.

Ichabod déglutit pour dissiper son malaise. Il tira de sa sacoche une pince chirurgicale et une paire de lunettes. Les loupes dont elles étaient hérissées lui donnaient un air bizarre, mais elles lui libéraient les mains et lui permettaient de manipuler d'autres instruments en même temps.

Ichabod se pencha vers la plaie béante et écarlate. La tête lui tourna, et il crut qu'il allait s'évanouir.

Reprends-toi ! se morigéna-t-il.

D'une main tremblante, il arracha des lambeaux de chair avec les pinces. Jamais il n'avait rien vu d'aussi répugnant.

Les artères sont scellées, comme si...

Un mouvement attira son attention. Ichabod pâlit. C'était un ver en train de se nourrir sur le cadavre.

Ravalant un cri de dégoût, il se releva.

— Très intéressant.

— Qu'avez-vous découvert ? s'enquit Baltus.

— La plaie a été cautérisée sur le coup, expliqua Ichabod, comme par une lame chauffée à blanc. Pourtant, je ne vois ni cloques ni traces de brûlures.

— C'est le feu du démon ! cria Philipse d'une voix d'outre-tombe.

Autour d'eux, les villageois semblaient de plus en plus inquiets et mal à l'aise. Honnêtement, Ichabod ne pouvait pas les en blâmer.

CHAPITRE V

— « Restez sobre et vigilant » — ainsi est-il dit dans l'Evangile selon saint Pierre, chapitre cinq, verset huit — « parce que votre adversaire le Malin erre sous le déguisement d'un lion rugissant, à la recherche de victimes pour les dévorer... »

Debout près de la tombe ouverte de Jonathan Masbath, le révérend Steenwyck lisait un passage de la Bible d'une voix forte qui semblait étrangement morne et lugubre dans le silence glacial du petit matin.

Ichabod se tenait un peu plus loin, entre Baltus Van Tassel et sa femme. Comme tous les autres, il baissait la tête en signe de respect, mais son regard vigilant ne cessait de balayer les environs.

Près de la pierre tombale, un petit garçon semblait porter sur ses frêles épaules toute la tristesse du monde. Ichabod le reconnut : c'était le fils de Masbath.

Katrina pleurait à chaudes larmes. Très droit, les yeux secs, Brom lui avait passé un bras autour des épaules. Une attitude protectrice et possessive...

Un instant, Ichabod s'imagina à sa place.

Quand le révérend eut terminé son eulogie, les villageois s'éloignèrent lentement en marmonnant des paroles de consolation qui sonnaient creux. Ichabod emboîta le pas aux Van Tassel. Dans son esprit, le visage de Katrina se surimposait sans cesse à l'image du cadavre décapité.

Pourquoi avoir voulu cautériser la plaie ? Et comment le meurtrier s'y est-il pris ?

Ses questions avaient une réponse, il le savait. Mais peut-être ne la trouverait-il pas dans ses livres ni grâce à son équipement scientifique. Pour démasquer l'assassin, peut-être devrait-il recourir à des méthodes plus audacieuses.

— Monsieur l'inspecteur !

Ichabod se retourna et vit le petit garçon courir vers lui.

— Tu es le jeune Masbath, constata-t-il.

— J'étais le jeune Masbath, rectifia l'enfant d'une voix brisée par le chagrin. Maintenant, je suis le seul. Masbath, décidé sur son honneur à venger son père.

Ichabod sourit. Le petit garçon était courageux.

— Eh bien, unique Masbath, je te remercie de ta proposition. Mais ta mère aura davantage besoin de toi que moi.

— Ma mère est au ciel, monsieur. Désormais, mon père veille sur elle. Alors que vous n'avez personne pour vous aider. Si vous voulez bien de moi, je suis votre homme.

Ichabod était impressionné par tant de détermination. Mais un garçon aussi jeune, aussi impétueux et aussi ignorant le gênerait plus qu'autre chose.

— Je ne peux pas veiller sur toi, dit-il à regret. Je te présente mes sincères condoléances, jeune Masbath.

Tandis qu'il se détournait pour rejoindre les Van Tassel, le juge Philipse s'approcha de lui en titubant et lui tira sur la manche.

— Inspecteur...

— Monsieur Philipse ?

Le magistrat promena autour de lui un regard furtif, puis chuchota :

— Il y a une chose que vous devriez savoir... Jonathan Masbath n'était pas la quatrième victime, mais la cinquième.

— La cinquième ?

— Oui. Cinq victimes dans quatre tombes.

— Qui est celle qu'on n'a pas identifiée ?

Philipse se raidit. Suivant la direction de son regard, Ichabod vit que le révérend Steenwyck ne perdait pas une miette de leur conversation, et qu'il avait plissé les yeux, l'air furieux.

Quand Ichabod reporta son attention sur Philipse, celui-ci s'était déjà fondu dans la foule.

Un village entier d'excentriques méfiants et dissimulateurs... Ça promet.

Pourtant, il était intrigué. Cinq victimes dans quatre tombes. Qu'est-ce que ça signifiait ? Il n'y avait qu'un seul moyen de le découvrir. Mais pour ça, il aurait besoin d'hommes aux bras et à l'estomac solides.

Un peu plus loin dans le cimetière, des ouvriers mettaient en place deux pierres tombales en marbre. Ichabod distingua le nom « Van Garrett » sur l'une d'elles.

Une autre tombe fraîchement creusée était marquée par une simple croix de bois. Celle de la veuve Winship, supposa Ichabod.

Killian, qui s'était un peu attardé auprès de son défunt ami, dépassa Ichabod dans l'allée.

Voilà l'homme qu'il me faut, songea l'inspecteur.

— Monsieur Killian, appela-t-il. Finalement, j'accepte l'aide que vous m'avez proposée.

L'homme lui jeta un regard approbateur, puis hocha la tête avec détermination. Coupant à travers champs, il entraîna Ichabod vers les écuries.

A peine avait-il mis les pieds à l'intérieur qu'il se figea, comme s'il sentait que quelque chose clochait. Du doigt, il désigna une mangeoire fixée contre un mur.

Ichabod s'en approcha. A l'intérieur, le jeune Masbath s'était roulé en boule sur un lit de grains.

Un foyer temporaire, songea Ichabod. *Le premier d'une longue liste...*

Cette vision éroda sa résolution. Comme lui, le petit garçon était un orphelin. Il pouvait l'aider ; ce faisant, il s'aiderait peut-être lui-même.

— Fais-toi donner un coin dans le quartier des domestiques, chez les Van Tassel, ordonna-t-il au gamin. Et demain matin, réveille-moi avant l'aube. J'espère que tu as le cœur bien accroché.

— Merci, monsieur, souffla le jeune Masbath.

Déterrer un cadavre était une tâche peu ragoûtante, néfaste pour le dos et grandement compliquée par les ténèbres de cette nuit sans lune. La lanterne de Killian ne fournissait qu'une chiche lumière ; ses pelles étaient trop petites pour qu'on puisse travailler vite.

Ichabod creusait au côté de Killian, de ses deux employés et du jeune Masbath. L'aube se levait presque lorsqu'ils eurent enfin mis au jour les trois cercueils : ceux des Van Garrett et celui de la veuve Winship.

Killian souleva le couvercle du premier.

Le jeune Masbath manqua s'étrangler.

Le cadavre décapité de Peter Van Garrett était à moitié mangé par les vers.

Mais seul dans son cercueil.

Ichabod fit un signe de tête ; Killian replaça le couvercle.

Ses deux employés firent rapidement sauter les autres et les posèrent sur le sol pour qu'Ichabod puisse procéder à son inspection.

Le cercueil de Dick Van Garrett ne contenait lui aussi qu'un seul cadavre décapité. Ichabod le dépassa et, levant sa lanterne, regarda dans celui de la veuve Winship.

Seule, elle aussi. Avec Jonathan Masbath, ça fait quatre victimes dans quatre tombes.

Tout ce labeur et toute cette énergie perdus ! Il ne perdrait plus de temps à écouter les divagations de Philipse, ce vieil ivrogne à moitié fou.

Ichabod se détourna ; les employés de Killian entreprirent de replacer les couvercles.

A moins que...

— Attendez !

Il s'agenouilla près du cercueil où reposait le cadavre de la veuve Winship, enveloppé dans un linceul. Sortant un couteau de sa poche, il déchira le tissu au-dessus de l'abdomen du cadavre et tenta d'y discerner une bosse. Si elle avait été enceinte au moment de sa mort, ça porterait bien le nombre des victimes à cinq...

La veuve Winship avait une plaie dans la région de l'estomac. Au cas où elle aurait attendu un enfant, celui-ci serait mort sur le coup. Mais le seul moyen pour Ichabod de vérifier son hypothèse était d'ouvrir le ventre de la morte.

Prenant une inspiration, il se pencha et leva son couteau.

Alors, un cri retentit.

Le cœur d'Ichabod fit un bond dans sa poitrine. Une silhouette spectrale vêtue d'une chemise de nuit blanche venait de jaillir des ténèbres et fondait sur eux en agitant une lanterne.

— Sacrilège !

Ichabod reconnut aussitôt cette voix tonitruante et ce profil épais. C'était Steenwyck, le visage tordu par une rage meurtrière.

Il se força à respirer calmement.

Nulle raison de s'affoler. Ce n'était rien qu'un vieil ecclésiastique pompeux et bouffi de vertu.

— Non, révérend : ce n'est pas un sacrilège, mais de la science. Un tueur se sert de la légende du Cavalier Sans Tête pour commettre tranquillement des meurtres, et j'ai bien l'intention de mettre un terme à ses activités !

Le révérend Steenwyck recula, le visage d'une pâleur mortelle.

Ichabod se remit au travail. Avant le lever du soleil, ses compagnons et lui devaient enterrer de nouveau les Van Garrett et emmener le cadavre de la veuve Winship loin du regard curieux et malveillant de Steenwyck et de ses fidèles.

Une aube grise et brumeuse faisait pâlir l'horizon quand Ichabod toqua à la porte du docteur Lancaster.

Celui-ci n'eut pas l'air content qu'on le dérange à une heure pareille. Mais son expression furibonde se changea en horreur muette quand il vit Killian, Ichabod et le jeune Masbath entrer dans son cabinet avec un cercueil sur leur épaule.

— Ce que vous faites est totalement illégal, parvint-il enfin à dire.

— Certes, concéda Ichabod, mais nécessaire dans le cas qui nous préoccupe. (Ses compagnons et lui posèrent le cercueil.) J'ai besoin d'opérer.

— D'opérer ? répéta Lancaster, au bord de la crise d'apoplexie. Mais cette femme est morte !

— Je voulais dire que j'aurai besoin de votre table d'opération, corrigea Ichabod. Aidez-moi à l'y allonger.

Le jeune Masbath frémit.

— Allons, il n'y a pas de quoi avoir peur, le rassura Ichabod.

Pendant que Killian et Lancaster s'exécutaient, il consulta les notes prises dans son calepin, cherchant un fil conducteur qui lui permettrait de relier les victimes entre elles.

— Il doit y avoir un point commun, marmonna-t-il.

— De quel genre ? s'enquit le docteur Lancaster, sceptique.

— Pour le moment, je l'ignore, avoua Ichabod.

Il soupira et referma son calepin.

Le cadavre pourrissant et puant de la veuve Winship reposait désormais sur la table d'opération. Se tenant le ventre à deux mains, le jeune Masbath battit en retraite dans un coin de la pièce.

Ichabod examina le cou, puis la plaie abdominale de la veuve Winship.

— Les deux sont cautérisées, constata-t-il. Peut-être avec une solution chimique. Mais dans quel but ?

Il posa une main sur le ventre du cadavre et palpa la chair en décomposition à la recherche d'un renflement qui lui aurait indiqué la présence d'un fœtus.

— Ce que je me demande, c'est quel est *votre* but ? gronda Lancaster.

Il a compris ce que je cherchais, songea Ichabod. *Forcément, il est docteur. Il n'a pas pu ne pas s'en apercevoir.*

Il avait beau palper l'abdomen de la veuve Winship, il ne sentait rien de concluant. Il allait devoir recourir à des méthodes plus radicales qui mettraient à contribution les instruments qu'il avait apportés. C'était une parfaite occasion de tester enfin ses théories.

De sa sacoche, il sortit une poignée d'instruments chirurgicaux enveloppés dans un carré de velours qu'il déroula avec des gestes presque amoureux.

— Qu'est-ce que c'est ? s'enquit Lancaster, les sourcils froncés.

— Quelques outils de ma fabrication, répondit Ichabod.

Un scalpel. Un séparateur. Une pince.

D'abord, l'incision. Mais où dois-je la faire exactement ?

Il détailla le cadavre, l'air perplexe... Pas autant, toutefois, que les regards que lui lançaient Killian, Lancaster et le jeune Masbath.

— Tu devrais sortir, conseilla Ichabod au petit garçon. Monsieur Killian, je vous remercie de votre aide, et je m'en voudrais de vous retenir plus longtemps. Quant à vous, docteur... Navré, mais j'ai du mal à me concentrer quand on m'observe.

Sans un mot, l'enfant et les deux hommes sortirent.

Ichabod attendit qu'ils aient refermé la porte derrière eux. Puis il sortit de sa sacoche un énorme volume intitulé *Anatomie Humaine.*

L'ouvrant à la page appropriée, il étudia les planches illustrées, mémorisa ce qu'il put et saisit son scalpel.

Une heure plus tard, Ichabod sortit de la pièce. Il s'essuya méticuleusement les mains sur un chiffon, souhaitant pouvoir faire de même avec son cerveau pour effacer le souvenir de ce qu'il avait vu.

Le docteur Lancaster, Killian et le jeune Masbath n'étaient plus seuls : le révérend Steenwyck et le juge

Philipse les avaient rejoints avec un groupe de villageois.

Tous frissonnèrent en voyant les mains souillées de fluides verdâtres d'Ichabod... à l'exception de Philipse, qui lâcha un rot et tituba.

— J'ai terminé, annonça Ichabod.

— Au nom de Dieu, que lui avez-vous fait ? rugit le révérend Steenwyck. Juge Philipse, vous êtes le représentant local de la justice. Mettez-le aux fers !

Philipse porta une flasque de whisky à ses lèvres et but. Il s'essuya la bouche d'un revers de main et jeta un regard curieux à Ichabod.

— Qu'avez-vous découvert, inspecteur ?

— Qu'il n'y avait pas quatre victimes mais cinq, répondit Ichabod. La veuve Winship était enceinte.

— Et alors ? cria Lancaster. Il fallait la laisser faire sa paix avec Dieu, pas la découper en morceaux et profaner son cadavre !

Ces paroles choquèrent Ichabod. Il avait entendu les mêmes peu de temps auparavant, dans la bouche d'un autre professionnel soi-disant éduqué : son supérieur. Visiblement, le respect dû aux dépouilles des victimes primait dans l'esprit de ses contemporains sur le besoin d'élucider leur mort.

Ichabod scruta les visages qui l'entouraient. Sur tous, il lut un mélange de surprise et de répulsion.

Il n'était pas en train de se faire des disciples.

Continue, s'encouragea-t-il. *Ne doute pas. L'âme de la veuve a fait sa paix avec Dieu. Ce qui reste d'elle en ce monde n'est qu'une enveloppe vide.*

— Le meurtrier lui a enfoncé une épée dans l'utérus. Un meurtre hautement symbolique, lâcha-t-il. Nous avons affaire à un fou.

Une journée d'écoulée, et pas de nouveaux indices.

Ichabod observait l'ombre de sa silhouette, montée sur Gunpowder, s'allonger entre les arbres de la forêt. Avant de rentrer chez les Van Tassel, il avait décidé de fouiller les lieux du dernier crime à la recherche d'une arme abandonnée, ou d'un morceau de tissu qui lui permettrait d'élaborer une théorie.

Car il allait lui en falloir une, et vite.

Les événements du matin avaient provoqué une vive réaction au sein de la petite communauté. Déjà, une rumeur disait qu'Ichabod était un imposteur, un pervers, un envoyé de Satan... comme le prouvaient ses origines new-yorkaises.

L'examen du cadavre valait-il tous ces tracas ?

Que lui apprenait l'existence du fœtus mort ? Avait-elle réellement une importance ? Qui était le père de cet enfant ?

Ces questions le tourmentaient tandis que la lumière du jour baissait peu à peu. L'obscurité se faufilait entre les branches épaisses, envahissait les buissons touffus.

Ichabod entendit un clapotis d'eau courante et prit la direction de sa source, espérant qu'il était près du pont couvert menant au manoir des Van Tassel.

Quand il aperçut la structure de planches, il eut un sourire soulagé. Gunpowder s'engagea sur le pont, le bruit de ses sabots résonnant contre les parois. L'écho donnait l'impression qu'il n'y avait pas un mais deux animaux en train de traverser.

Bientôt, l'« écho » sembla changer de rythme. Ichabod pivota sur sa selle. Le silence revint. Il ne voyait rien dans les ténèbres derrière lui.

— Qui va là ? appela-t-il.

Pas de réponse.

Ton imagination te joue des tours, songea-t-il. *Tu es beaucoup trop nerveux.*

Il fredonna pour dissiper son appréhension. Gunpowder atteignit l'extrémité du pont et prit pied sur la berge. Mais derrière lui, le bruit de sabots continua à résonner.

Ichabod fit faire demi-tour à sa monture.

Quelques instants plus tard, un étalon noir émergea du passage, le clair de lune se reflétant sur ses prunelles. Il s'avança lentement vers Ichabod, révélant une puissante encolure et des jarrets musclés.

Les ténèbres se dissipèrent autour du cavalier. Ses bottes de cuir luisaient faiblement et il était enveloppé d'une longue cape. Ichabod plissa les yeux pour distinguer son visage.

Le cavalier n'en avait pas.

Au-dessus de ses épaules, il n'y avait rien.

Ichabod enfonça ses talons dans les flancs de Gunpowder. Poussé par la peur, son cheval s'élança au galop, atteignant une vitesse dont il ne l'aurait jamais cru capable.

— Hi-ya ! l'encouragea Ichabod.

Gunpowder bondit par-dessus les ronces et les rochers. Il filait comme une bête de la moitié de son âge, esquivant les obstacles avec agilité. Mais derrière eux, leur poursuivant continuait de se rapprocher.

— YAAAH !

C'était un cri d'un autre monde qui semblait venir des arbres eux-mêmes. Ichabod jeta un coup d'œil par-dessus son épaule. Le cavalier tira sur les rênes de son étalon, qui se cabra, et lança quelque chose dans sa direction.

Un gros objet rond, d'aspect irrégulier, fila vers Ichabod. Il était percé de trois ouvertures qui crachaient des flammes.

Deux yeux et une bouche.

Une tête !

Ichabod cria

Atteint au visage, il vida les étriers et heurta rudement le sol. Les flammes bondirent autour de lui, crépitant dans les buissons et consumant les lambeaux de chair qui s'étaient détachés sous le choc.

Le martèlement des sabots reprit, se rapprocha et s'interrompit de nouveau. Il n'y avait pas un seul cheval, mais plusieurs, réalisa Ichabod.

Ebloui par les flammes qui se détachaient vivement dans l'obscurité, il plissa les paupières et se releva en tentant d'éviter les morceaux de chair.

Non. Pas de chair.

Une odeur douceâtre et familière lui chatouillait les narines — une odeur de citrouille.

Ichabod regarda autour de lui. Sur une touffe d'herbe, les restes d'une citrouille sculptée grimaçaient comme pour se moquer de lui. A côté, une boulette de papier finissait de se consumer.

Le cavalier le toisa un moment, le clair de lune découpant sa large silhouette.

Il leva une main vers le col de sa cape, la saisit et tira.

Ce n'était pas le Hessois de la légende, mais Brom Van Brunt.

CHAPITRE VI

— Ichabod ! Ichabod !

Il rêve. Il en est conscient. Et il reconnaît la voix qui l'appelle : une voix féminine, délicieuse.

Ses souvenirs se dissipent. La poursuite. Le mauvais tour que lui a joué Brom. La façon dont il lui a tendu une embuscade dans les bois avec ses amis Glen et Théodore. Leurs éclats de rire pendant qu'ils savouraient sa terreur, se délectant de l'hébétude où ils l'avaient fait basculer...

Ils étaient repartis au galop, lui abandonnant le soin d'éteindre les flammes avant qu'elles ne se propagent. Seul Gunpowder était resté avec lui.

A présent, Ichabod est en sécurité dans sa chambre, chez les Van Tassel. Non loin de lui, quelques portes plus loin, Katrina dort dans la sienne.

Dans son rêve, elle est encore plus proche. Elle a les yeux bandés, comme la première fois qu'il l'a vue. Mais elle se tient sur le seuil de la cuisine de ses parents, dans la maison où Ichabod a grandi. Et elle lui ouvre les bras.

Il traverse le jardin en courant. L'herbe lui caresse les jambes et il réalise qu'il n'est plus un homme. Il est redevenu un petit garçon de sept ou huit ans. Dans sa main, il tient un bouquet de fleurs sauvages qu'il a cueillies pour elle. Comme toujours.

Quand il passe en trombe près de Katrina et s'engouffre dans la maison, elle éclate de rire. A tâtons, elle le cherche et tente de le prendre dans ses bras. La Sorcière Aveugle.

Il retient son souffle, s'efforce de ne pas trahir sa présence. C'est le jeu.

Mais son cœur bat très fort. Il craint qu'elle ne l'attrape et espère qu'elle le fera. Un cri irrépressible monte dans sa gorge.

— Je te tiens ! s'exclama Katrina en plongeant sur lui.

Elle l'attrape et il couine de délice.

Ses bras sont si tièdes, si pleins d'amour et de réconfort. Il s'y sent tellement en sécurité ! Elle l'embrasse et ôte son bandeau.

Alors, Ichabod voit que ce n'est pas Katrina mais sa mère. Jeune, belle et douce comme dans son souvenir. Il lui tend le bouquet de fleurs sauvages et elle le prend avec ravissement avant d'en détacher une pour en orner sa chevelure.

Le cœur gonflé de joie, Ichabod lève vers elle un regard plein d'adoration. Alors elle jette le reste du bouquet dans la cheminée. Les flammes s'en emparent aussitôt, et des volutes de fumée grise envahissent la pièce. Mais Ichabod n'en est ni surpris ni blessé.

Sa mère s'accroupit près du feu et lui fait signe d'approcher. Elle ferme les yeux et inhale profondément l'arôme des fleurs. Puis, ramassant une brindille, elle dessine d'étranges symboles dans leurs cendres.

Des symboles enchanteurs mais dangereux. Ichabod sait qu'il ne doit pas les regarder.

Un mouvement détourne son attention. La porte est en train de s'ouvrir.

De la magie !

Non, ce n'est que le chat de la maison. Il se glisse à l'intérieur de la pièce. Sa fourrure est toute noire, à l'exception d'une patte blanche qu'il semble avoir plongée dans un sac de farine.

Il n'est pas seul. L'encadrement de la porte se remplit de ténèbres. Une ombre menaçante et familière.

Ichabod se raidit et jette un regard d'avertissement à sa mère. *Il* ne doit pas voir ce qu'elle est en train de faire.

Soudain, elle s'arrache à sa rêverie et se redresse d'un bond. Le père d'Ichabod entre ; son regard pénétrant se pose sur elle.

Il sait.

Le rêve se dissipe à son tour, et un autre prend sa place.

C'est la nuit. Assis dans son lit, Ichabod caresse le chat noir à la patte blanche allongé contre lui.

Tous deux regardent sa mère. Elle tient un disque de papier, un nouveau jouet. Sur une face du disque est dessinée une cage, sur l'autre, un oiseau. Une ficelle le traverse.

La mère d'Ichabod fait tourner le disque. Un instant, les deux images se brouillent, puis se superposent. L'oiseau entre dans la cage.

Une illusion d'optique. Tout simplement merveilleuse. Le souffle coupé, Ichabod ne parvient pas à en détacher le regard.

Un coup de tonnerre ébranle la pièce. Dans un grand fracas, la fenêtre s'ouvre sous la poussée d'une bourrasque. Le chat saute au pied du lit et semble paralysé par la lumière crue de l'éclair. La mère d'Ichabod lâche le jouet, qui tombe par terre.

Effrayé, le petit garçon s'enfouit sous ses couvertures. Il sent les bras de sa mère l'envelopper.

Protection.

Tiédeur.

Amour.

Ichabod se redressa en sursaut dans son lit. Son corps et les draps étaient trempés de sueur.

Il encaissa le contact de l'air froid comme une gifle. Même les braises s'étaient éteintes dans la cheminée, qui ne dégageait plus aucune chaleur. Et il n'y avait personne pour rallumer le feu...

Ichabod savait qu'il ne retrouverait pas le sommeil. Il était glacé jusqu'à la moelle, et son rêve le hantait toujours. Le souvenir de sa mère était si douloureux malgré le passage des ans...

Elle l'a bien cherché, fils. Tôt ou tard, nous devons tous payer pour nos péchés.

Non.

Il devait lutter pour ne pas penser à son père. Depuis si longtemps, il censurait tout ce qui avait rapport avec lui, et il entendait bien continuer ainsi.

Mieux valait ne pas connaître la réponse à certaines questions.

Ichabod alluma une lanterne ; les flammes vacillantes firent apparaître sa chambre. Sa valise. Ses vêtements. Ses livres. Son calepin ouvert sur le bureau.

Ma vie.

Ma mission.

Pas la sienne.

Je ne lui appartiens pas.

Il avait encore tant de travail devant lui. Et puisqu'il était bien réveillé, autant mettre son insomnie à profit.

Mais il se sentait incapable de rester dans cette pièce. S'il voulait oublier son rêve et le choc que lui avaient causé Brom et ses amis la nuit précédente, il devait aller s'installer ailleurs. Sans compter que quelques biscuits et une tasse de lait chaud l'aideraient à se concentrer.

Ichabod se leva, saisit son calepin et, tenant la lanterne à bout de bras, quitta sa chambre sur la pointe des pieds.

Il descendit l'escalier et se rendit à la cuisine. Celle-ci était vide. Alors qu'il posait son calepin sur la grande table, il remarqua qu'une lumière filtrait sous une porte, dans le couloir. Une autre pièce était éclairée. Une autre âme ne dormait pas dans la maison.

Curieux, Ichabod se dirigea vers la source de la lumière. C'était un petit boudoir. A l'intérieur, Katrina lisait un livre dont les flammes des chandelles faisaient scintiller le titre : *Les Chevaliers de la Table Ronde*.

Entendant la porte s'ouvrir, elle sursauta, referma l'ouvrage et le serra contre sa poitrine comme pour le dissimuler.

— Pardonnez mon intrusion, commença Ichabod, mais j'ai vu la lumière et...

— Ce n'est rien, le rassura Katrina. Je viens toujours ici quand je n'arrive pas à dormir.

— Pour lire des romans que vous devez cacher ? s'étonna Ichabod.

— Ils appartenaient à ma mère. Mon père n'approuvait pas qu'elle les lise, et il me désapprouverait tout autant. Il pense que tous ces « contes de fées », comme il les appelle, sont la cause de la méningite qui l'a emportée il y a deux ans, au milieu de l'hiver.

Une méningite.

Katrina connaissait la cause du décès de sa mère. Elle pouvait mettre un nom dessus. Ichabod se demanda si elle savait à quel point c'était important, et combien il aurait voulu pouvoir en dire autant.

Il hocha tristement la tête.

— La date de sa mort est consignée dans votre Bible.

— Et l'infirmière qui s'est occupée d'elle pendant sa maladie est devenue la nouvelle dame Van Tassel.

Bizarre. Ichabod n'aurait pas cru que Baltus soit du genre à se jeter dans la première paire de bras consolateurs venue.

— Ce n'est pas la seule chose que j'ai remarqué, reprit-il. Pourquoi ne m'a-t-on pas dit que les Van Garrett étaient parents avec les Van Tassel ?

Katrina lui jeta un regard mi-interloqué, mi-amusé.

— Parce que toutes les familles de Sleepy Hollow sont plus ou moins liées par le sang ou le mariage. J'ai plus de cousins que de doigts et d'orteils pour les compter.

— Je vois.

Dehors, un coq chanta. Par la fenêtre, Ichabod aperçut les premières lueurs d'une aube hésitante. Il se demanda combien d'autres il en verrait dans cette maison avant de résoudre le mystère des cadavres décapités.

— Autrefois, ces terres appartenaient aux Van Garrett, expliqua Katrina. Ils en ont fait cadeau à mon père quand j'étais encore au berceau.

— Les Van Garrett qui sont morts ? s'enquit Ichabod.

La jeune fille hocha la tête.

— A l'époque, leur famille était la plus riche de la région. Quand mon père nous a amenées ici, ils lui ont fait cadeau d'un acre de terre, d'une chaumière et d'une douzaine de leurs poules pour lui permettre de s'établir. Mon père a travaillé dur pour construire cette maison. C'est à lui que je dois mon bonheur. Je me rappelle encore le temps où nous vivions dans la misère. Voulez-vous que je vous montre ?

Que Katrina ait fait l'expérience de la pauvreté la rendait plus intéressante aux yeux d'Ichabod. Chacune de ses phrases le captivait un peu plus que la précédente. La jeune fille s'apercevait-elle qu'il était pris dans la toile qu'elle tissait autour de lui ?

— Volontiers, dit-il. Je suis heureux que nous ne soyons pas si différents, dans le fond.

Katrina se leva, dévoilant un fin volume à la couverture usée qu'elle avait jusque-là dissimulé sous ses jupes. Elle se baissa pour le ramasser et le tendit à Ichabod.

— Tenez. Un cadeau de ma part.

Ichabod ouvrit le livre. Son cœur se serra quand il lut le titre sur la page de garde : *Un Recueil de Sortilèges, de Charmes et d'Echanges avec le Monde des Esprits.*

— Je n'en ai pas l'utilité, protesta-t-il.

— Etes-vous toujours si sûr de vous ? demanda Katrina, mutine.

Ichabod ne répondit pas. Ce livre était un cadeau, le premier lien qui les unissait véritablement. Embarrassé, il le feuilleta. Il découvrit le nom de Katrina écrit sur la dernière page, au-dessus de celui d'Elizabeth Van Tassel.

— Il a appartenu à votre mère ? s'étonna-t-il.

— Gardez-le contre votre cœur, et il vous protégera du mal, dit Katrina.

— Etes-vous toujours si sûre de vous ? lui retourna Ichabod.

Elle le gratifia d'un regard qui sembla plonger au plus profond de lui, le faisant se sentir à la fois mal à l'aise, effrayé et... très reconnaissant. Au fond, respecter certaines traditions ne pouvait pas faire de mal.

Ichabod et Katrina chevauchaient à travers la prairie. La rosée qui s'évaporait formait comme un nuage sous les sabots de leurs montures.

La chaumière dont avait parlé la jeune fille se dressait à la lisière d'une grande ferme. Elle était en ruine ; seule sa cheminée de pierre demeurait à peu près intacte.

Ichabod mit pied à terre et tendit une main à Katrina. La jeune fille la prit et sauta gracieusement dans l'herbe humide. Mais quand son compagnon tenta de se dégager, elle le retint.

Elle lui retourna la main et examina les cicatrices qui constellaient sa paume.

— Très étranges..., dit-elle. D'où vous viennent-elles ?

— J'aimerais bien le savoir, répondit Ichabod. Je les ai depuis toujours...

Pour la première fois de sa vie, il n'éprouvait pas le besoin de dissimuler ses mains. Il était à la fois bizarre et merveilleux de ne plus être paralysé par l'embarras.

Quand Katrina levait la tête vers lui, ses yeux ne jugeaient pas. Ils donnaient. Ils lui disaient qu'il n'était pas seul.

Alors que la jeune fille se détournait et enjambait les vestiges du porche, le regard d'Ichabod fut attiré par une tache écarlate sur la branche d'un arbre : un cardinal. Il sourit. C'était comme si son oiseau l'avait suivi jusqu'ici.

Un bon présage, songea-t-il... *Pour qui croit à ce genre de choses.*

— Autrefois, je jouais près de ce foyer, dit Katrina en s'accroupissant devant l'âtre. (Elle ramassa une fleur et la piqua dans ses cheveux.) Ces pierres furent ma première ardoise. C'est là que ma mère me donnait des leçons de dessin.

Ramassant une brindille, elle traça des symboles dans la poussière. Ichabod remarqua que les mauvaises herbes et les fleurs sauvages avaient envahi les fissures du plancher.

Cette vision lui fit tourner la tête. Une incroyable impression de déjà vu l'envahit.

Les fleurs. Les symboles...

— Oh, regardez ! s'exclama Katrina en essuyant le fond de l'âtre avec sa manche.

Elle mit à jour la silhouette d'un homme qui portait un arc et d'un carquois.

— Je l'avais complètement oublié. Vous voyez cet archer ? Il était déjà là quand nous nous sommes installés.

Mon rêve.

Il avait déjà vécu cette scène pendant son sommeil. Mais Katrina avait pris la place de sa mère. Elle refaisait tous les gestes que celle-ci avait effectués dans la cuisine.

La jeune fille lui jeta un regard curieux.

— Vous allez bien ?

Ichabod secoua la tête pour chasser sa vision. Il esquissa un sourire rassurant et hocha la tête.

— Oh, regardez ! s'exclama de nouveau Katrina en désignant un point au-dessus de lui. Un cardinal ! J'adorerais en apprivoiser un, mais je n'aurais pas le cœur de le mettre en cage.

Ichabod fit glisser de son épaule la bandoulière de sa sacoche.

— Dans ce cas, j'ai quelque chose pour vous.

Il sortit son bien le plus précieux, qui n'avait aucune valeur marchande, mais qu'il avait emmené avec lui parce qu'il n'aurait pas supporté de le perdre si son appartement de New York avait été cambriolé pendant son absence. Depuis son enfance, il avait pieusement conservé ce jouet : un simple disque de papier sur lequel figuraient un oiseau et une cage.

— Un cardinal d'un côté, une cage de l'autre. Et maintenant...

Il fit tourner le disque avec la ficelle. Les deux images se superposèrent.

— Vous voyez que vous savez faire de la magie ! dit joyeusement Katrina. Apprenez-moi !

— Ce n'est pas de la magie, mais une simple illusion d'optique, corrigea Ichabod.

Il lui tendit le jouet et lui montra comment le manipuler.

— Quand on les fait bouger assez vite, l'œil n'a plus le temps de distinguer les deux dessins, expliqua-t-il. Ils se rejoignent et se fondent, comme les indices que je dois assembler pour découvrir la vérité.

Katrina leva le jouet.

Ichabod regarda le petit cardinal qui se tenait en équilibre sur une face du disque, sans se soucier de la prison, invisible à ses yeux.

Katrina fit tourner la ficelle. La cage ne bougea pas de sa place et l'oiseau non plus. Pourtant, le piège se referma sur lui. Il était là sans qu'il s'en soit aperçu.

Comme dans la vie. Tout dépendait de la façon dont on observait les choses.

CHAPITRE VII

Dans les ténèbres, Ichabod veillait.

Malgré l'heure tardive, des lumières brillaient encore dans la maison du juge Philipse. Le magistrat recevait des invités : le révérend Steenwyck, le docteur Lancaster et le notaire Hardenbrook. Mais ce n'était pas une réunion amicale. Les trois hommes gesticulaient et hurlaient en regardant leur hôte faire sa valise.

Il s'en va. Il s'enfuit.

De tous les habitants de Sleepy Hollow, Philipse était le seul qui lui eût apporté de l'aide. Il savait que la veuve Winship était enceinte, et sans doute bien d'autres choses encore. Ichabod ne pouvait pas se permettre de le laisser filer.

Quittant sa cachette, au fond du jardin, il remonta en selle. Il devait intercepter le magistrat, peut-être sur la route, loin des autres notables qui risquaient de s'interposer.

Ichabod fit faire demi-tour à Gunpowder, s'éloigna au pas puis talonna sa monture pour la lancer au galop.

Quand il se jugea à une distance suffisante du village, il tira sur les rênes et alla se dissimuler dans un épais fourré pour attendre Philipse.

Il lui sembla que des heures s'écoulaient avant que le cheval du magistrat n'approche, hennissant pour protester contre le poids des paquets accrochés sur son dos.

Ichabod et Gunpowder restèrent immobiles jusqu'à ce que Philipse arrive à leur hauteur. Puis ils jaillirent des buissons et vinrent lui bloquer la route.

Alors qu'Ichabod saisissait la bride de sa monture, le magistrat manqua vider les étriers.

— Que faites-vous ? s'exclama-t-il, plus effrayé que furieux. Laissez-moi partir !

— Que fuyez-vous, juge Philipse ? demanda Ichabod.

— Maudit soyez-vous, Crane !

— Chut ! Vous allez réveiller vos concitoyens. (Ichabod se pencha sur sa selle.) Vous aviez décidé de m'aider...

Philipse jeta un coup d'œil par-dessus son épaule.

— Oui, siffla-t-il tout bas. Ce faisant, je me suis mis en danger...

— Qu'est-ce qui vous menace ?

— Des puissances contre lesquelles il est impossible de se défendre.

— Comment saviez-vous que la veuve attendait un enfant ?

— Elle me l'avait dit.

— J'en conclus que vous étiez le père.

— J'espère que vos déductions seront plus justes à l'avenir. Sinon, le Cavalier hessois risque de courir longtemps. Je n'étais pas le père.

— Vous a-t-elle révélé son identité ?

— Oui.

Au loin, des moutons bêlèrent. Mais Ichabod ne se laissa pas distraire : il était enfin sur le point d'obtenir des informations.

— Elle est venue me voir pour que je la conseille. Et que je l'aide à protéger les droits de son enfant. Mais j'étais lié par le secret professionnel.

— Croyez-vous que le père l'ait tuée ?

Philipse foudroya Ichabod du regard.

— C'est le Cavalier qui l'a tuée, imbécile ! Pensez-vous qu'il folâtrerait avec une de nos femmes ?

— Le Cavalier ? (Ichabod sentit les poils de sa nuque se hérisser.) Combien de fois dois-je vous dire qu'il n'existe pas ? Qu'il n'a jamais existé ? Qu'il n'est que le produit de votre imagination enfiévrée ?

Philipse voulut se dégager. Ichabod tendit un bras vers lui pour le retenir, et sa main se referma autour de l'amulette pendue au cou du magistrat. Une clé de fer.

— Lâchez ça, protesta Philipse. C'est le talisman qui me protège du Cavalier.

— Comment un homme de loi peut-il croire à de telles balivernes ? Dites-moi plutôt qui est...

Ichabod sursauta. Un troupeau de moutons venait de s'engager sur la route et avançait vers eux sans être guidé par un berger.

Gunpowder renâcla et hennit. Le cheval de Philipse se cabra. Au-dessus d'eux, un vol d'oiseaux s'éleva tel un nuage menaçant. Le vent hurla plus fort.

Ichabod regarda la forêt. Les arbres se pliaient, comme pour laisser passer des ténèbres de plus en plus épaisses.

Brom, songea Ichabod. Mais le cheval du fermier ne produisait pas un grondement semblable à celui du tonnerre. Et son approche n'avait pas provoqué la fuite terrifiée des animaux.

— Oh, mon Dieu, souffla Philipse d'une voix plaintive. Oh, mon Dieu...

Tandis qu'il éperonnait frénétiquement son cheval, la forêt explosa.

De l'obscurité jaillit un étalon monstrueux, la poitrine aussi large qu'un baril de goudron. Il bondit par-dessus les fourrés comme s'il fuyait quelque chose... et fondit sur Ichabod.

Un cavalier sans tête le chevauchait.

D'une main tremblante, Ichabod chercha son holster. Une rafale de vent le déséquilibra. Il tomba à terre et s'éloigna en rampant. Mais le cavalier l'avait déjà dépassé et fondait sur Philipse.

Il dégaina son épée, qui émit une vive lueur quand il la brandit au-dessus de sa tête.

Le magistrat se retourna et leva le talisman.

— Philipse ! cria Ichabod.

Le sifflement de l'épée résonna à ses oreilles comme le couperet d'une guillotine s'abattant sur la nuque d'un condamné.

Le talisman fut projeté vers lui au moment où un objet rond et lourd jaillissait dans la direction opposée. Il roula à terre avec un bruit sourd quelques instants après que le corps de Philipse se soit effondré.

Ichabod se releva maladroitement et chercha son arme. A présent, le cavalier décrivait des cercles autour de lui. L'étalon noir poussa un hennissement à lui glacer les sangs.

Tire. TIRE !

Trop tard. Le cheval était sur lui. Ichabod sentit son haleine fétide.

Le cavalier passa devant lui au galop et fondit à nouveau sur Philipse. Il flanqua un coup d'épée vers le sol, puis la brandit très haut comme un officier qui donne le signal de la charge. Sur la pointe de sa lame était piquée la tête du magistrat.

Ichabod regarda le cavalier se fondre dans les bois.

Puis il s'évanouit.

Il fut réveillé par des coups frappés à sa porte.

— Inspecteur Crane ? appela une voix.

Il jaillit hors de son lit.

Non, allez-vous en ! Je n'ai rien fait !

Puis il prit conscience du décor qui l'entourait : les étagères, la cheminée, le bureau en acajou... Il était de nouveau au manoir des Van Tassel, en sécurité. Plus sur la route de Sleepy Hollow, face à cet épouvantable...

Arrête.

Ce n'était qu'un mauvais rêve. Un horrible cauchemar.

Tous ses muscles étaient contractés. Son poing droit était si serré que ses ongles mordaient dans la chair scarifiée de sa paume. Il tenta de chasser les images qui le hantaient.

Il ouvrit la main. Entre ses doigts reposait une petite clé de fer.

A cet instant, la porte s'ouvrit. Baltus entra, suivi par Katrina et par le jeune Masbath. L'inquiétude se lisait sur leur visage.

— C'était le Cavalier Sans Tête, gémit Ichabod.

— Vous ne devez pas vous agiter, dit Baltus d'une voix apaisante.

— Mais c'était le Cavalier Sans Tête, insista Ichabod.

— Evidemment, dit son hôte, comme si ça allait de soi.

Il ne veut pas me contrarier. Il pense que je suis devenu fou.

— Vous devez me croire, supplia Ichabod. C'était un cavalier mort, et il n'avait pas de tête !

Baltus acquiesça.

— Je sais, je sais...

— Non, vous ne savez pas, parce que vous n'y étiez pas. Mais je vous jure que c'est vrai !

— Bien entendu. Ne vous l'avais-je pas dit ? Tout le monde ici ne vous avait-il pas mis en garde ?

La tête tranchée de Philipse au bout de l'épée. Quelques secondes plus tôt, il était encore en train de me parler, de me confier ses craintes. Il savait qu'il était en danger.

Et je...

Je...

— Je l'ai vu !

Après avoir lancé cette exclamation déchirante, Ichabod retomba sur ses draps trempés de sueur.

Le jeune Masbath jeta un regard déçu à Katrina.

— Je suppose qu'il va vouloir rentrer en ville...

Des graines de laiteron. Des graines de laiteron par millions, tourbillonnant dans les airs comme une tempête de neige en plein été.

Dans son rêve, il est loin du manoir des Van Tassel et des événements qui l'ont conduit à Sleepy Hollow.

Il est de nouveau chez lui, dans les bois derrière la maison, avec sa mère.

Elle ouvre un bourgeon de laiteron et souffle. Les graines s'envolent. Si nombreuses. Elles ne peuvent pas toutes venir d'ici. Ce doit être de la magie !

Ichabod glousse. Sa voix est claire et aiguë comme le son d'une clochette. Sa mère lui tend un laiteron et lui montre comment l'ouvrir. Il l'imite et souffle. Mais tandis que le vent éparpille les graines, il s'aperçoit que sa maman a disparu.

Là, entre les arbres ! Elle s'enfuit en courant. Sans doute veut-elle jouer à cache-cache. Ichabod se lance à sa poursuite, mais elle est plus grande que lui et beaucoup plus rapide.

Il la perd de vue. Soudain, il se retrouve seul et effrayé.

Là ! Elle l'attend dans une petite clairière baignée de soleil. Jamais elle ne l'aurait fui. Jamais elle ne l'aurait abandonné.

En s'approchant, il voit qu'elle se tient au milieu d'un cercle de champignons orange, blanc et bleu, pareils aux petites tables multicolores d'un café destiné à des salamandres. Le visage levé vers le ciel, elle lui tourne le dos.

Puis elle se penche pour cueillir un champignon. Alors qu'elle mord dedans, un petit morceau tombe sur le sol.

Elle a l'air si heureuse... Ichabod se précipite pour ramasser le bout de champignon et l'avale. Sa mère remarque sa présence. Elle lui prend les mains et, éclatant de rire, l'entraîne dans une ronde folle.

Autour d'Ichabod, les arbres forment une masse verte indistincte qui tourne de plus en plus vite et s'assombrit...

Soudain, il réalise que ce ne sont plus des arbres mais des silhouettes humaines. Des dizaines de silhouettes humaines toutes vêtues de noir et dépourvues de tête.

Ichabod s'effondre. Ses jambes ne le portent plus, son cœur bat la chamade et la nausée le gagne. Mais quand il lève les yeux, sa vision s'éclaircit. Les silhouettes se confondent pour n'en faire plus qu'une.

Celle de son père.

Sa mère ne l'a pas encore remarqué. Elle continue à danser, ses longs cheveux flottant derrière elle, ses vêtements stricts en désordre.

Le père d'Ichabod la fixe d'un regard brûlant. Ses yeux sont pareils à deux braises ardentes, son visage est déformé par la rage.

Il fait un pas en avant...

Ichabod ferme les yeux.

Quand il les rouvre, la nuit est tombée. Il est debout sur le seuil de la cuisine. La porte est fermée, mais il colle son œil contre une fissure pour regarder à l'intérieur.

Assise sur une chaise, sa mère fixe tristement le sol. Son père fait les cent pas en hurlant. Il agita sa Bible, dont il cite des passages de mémoire.

Sa mère a péché. Seuls les adorateurs du Malin prennent du plaisir à danser. Il la saisit par les épaules et la force à s'agenouiller.

A présent, il a ouvert sa Bible pour en lire un passage. Ichabod reconnaît le petit volume à la couverture de cuir et aux pages dorées sur tranche. C'est celle des Van Tassel !

Son père force sa mère à répéter après lui, à prier avec lui, à condamner ses propres actes. Ichabod voudrait éclater en sanglots, faire irruption dans la pièce, mais il ne peut pas. Il est incapable d'affronter son père.

Il recule, se détourne et monte en courant l'escalier qui mène à sa chambre.

BOUM !

Entendant le grondement du tonnerre, Ichabod plonge dans son lit. Une rafale ouvre la fenêtre et la pluie battante s'engouffre dans la pièce. Le petit garçon bondit pour la refermer, mais il se fige à mi-chemin.

Une voiture est arrêtée devant la maison. Un homme y entraîne sa mère pendant que deux autres les observent, le visage dissimulé sous un chapeau à larges bords. La mère d'Ichabod se débat et lève la tête vers la chambre de son fils. Elle a une expression terrifiée.

Les deux hommes lèvent la tête à leur tour. Ichabod peut distinguer leurs traits. L'un d'eux a le visage le plus cruel qu'il ait jamais vu.

L'autre est son père.

Ichabod tend la main par la fenêtre ouverte, mais le premier homme force sa mère à entrer dans la voiture. Puis, sur un ordre de son père, le cocher fait claquer son fouet.

Cours après elle ! songe Ichabod. *Sauve-la !*

Mais il est incapable de bouger. La présence de son père le paralyse.

Un éclair déchire le ciel, nimbant son père d'une froide lueur bleue. Son visage est figé comme celui d'une statue.

Ichabod ne sent plus rien et ne peut plus respirer. Il se fait tout petit dans sa chambre sous les yeux orange du chat noir à la patte blanche.

CHAPITRE VIII

Les épaules voûtées, Baltus Van Tassel poussa un profond soupir. Il en avait plus qu'assez.

Il aurait pourtant dû s'y attendre, avec la police de New York. Ces gens travaillaient dans la plus grande et la plus besogneuse ville d'une nouvelle nation. Ils se moquaient bien de ce qui pouvait se passer dans un petit village comme Sleepy Hollow.

Baltus avait convoqué le révérend Steenwyck, le docteur Lancaster et le notaire Hardenbrook pour une réunion stratégique. Dame Van Tassel et Katrina se tenaient un peu en retrait, ne perdant pas une miette de la conversation. Mais il n'y avait pas grand-chose à dire après la mort épouvantable du juge Philipse.

— Cette fois, j'irai personnellement à New York, dit Baltus, et je ne me laisserai pas abuser par un *déducteur* amateur.

— *Détecteur*, corrigea Hardenbrook.

— *Déductible,* le contredit Steenwyck.

— Non, ce n'est pas ça, marmonna Lancaster comme s'il avait le mot sur le bout de la langue.

— Un bon à rien, trancha Baltus, l'air dégoûté. Cette fois, un magistrat est mort !

L'oreille collée au battant, Ichabod avait tout entendu. Mais il ne se laissa pas ébranler. Il s'était réveillé avec des idées neuves, et il n'avait plus peur.

Poussant la porte, il entra dans la pièce d'un pas assuré.

— Messieurs ! lança-t-il. J'ai besoin de volontaires pour m'accompagner dans les bois. Lesquels d'entre vous sont intéressés ?

— Vous ? (Baltus le dévisagea, l'air stupéfait.) Nous pensions que vous alliez renoncer, après ce qui s'est passé.

— J'ai subi un sérieux revers, reconnut Ichabod. J'ai perdu une bataille, mais je remporterai la guerre. A présent, je sais qui a commis ces crimes atroces...

— Vous en avez mis, du temps ! cracha Steenwyck. Nous vous l'avions dit dès le début.

— C'est exact, concéda Ichabod. Il semble que le destin m'ait choisi pour me faire un nom en résolvant une affaire unique dans les annales du crime : en résumé, pour arrêter un assassin fantôme.

— Non ! s'exclama Katrina. Ichabod... Inspecteur...

— Vous avez l'intention de le mettre sous les verrous ? s'enquit dame Van Tassel avec un sourire moqueur.

— Nullement. J'entends seulement en finir avec les crimes qui ravagent Sleepy Hollow. Qui est avec moi ?

Un silence unanime lui répondit.

Seul le jeune Masbath accompagna Ichabod dans la forêt.

Malgré l'heure matinale, l'obscurité régnait encore sous les frondaisons. Avec leur silhouette torturée, les arbres ressemblaient à des géants recroquevillés sur eux-mêmes.

Les chevaux avançaient au pas, ralentis par le poids de leurs cavaliers et de tout l'équipement dont Ichabod avait jugé bon de les charger.

— Les Van Garrett, la veuve Winship, ton père Jonathan Masbath, et maintenant le juge Philipse, récapitula Ichabod. Il doit exister un lien entre eux. As-tu la moindre idée de ce que ça peut être ?

Le jeune Masbath secoua la tête.

— Pour ce que j'en sais, nous n'avions aucun rapport avec le juge.

— Et la veuve ? Ton père la connaissait-il ?

— Tout le monde connaissait la veuve Winship.

Ichabod haussa un sourcil.

— Je suppose que c'est une façon de parler...

— Souvent, elle apportait un panier d'œufs frais pondus au vieux M. Van Garrett.

— Ton père faisait-il des affaires avec la famille Van Garrett ?

La question sembla prendre le jeune Masbath au dépourvu.

— Il travaillait pour eux. Nous vivions dans les dépendances de leur ferme.

Visiblement, le petit garçon était troublé. Ichabod lui jeta un regard inquisiteur.

— Ce n'est sans doute pas important, dit le jeune Masbath en secouant la tête. Les Van Garrett avaient de nombreux domestiques. Mais une semaine avant le meurtre, il s'est passé quelque chose pendant la nuit. Une dispute a éclaté entre M. Peter et M. Dick, et M. Peter a fait appeler mon père.

— Une dispute entre père et fils, murmura Ichabod comme s'il voulait graver ces propos dans son esprit. Et le vieux Van Garrett a fait appeler Masbath.

Le jeune garçon tira sur les rênes de son cheval.

— Ecoutez !

— Je n'entends rien, dit Ichabod.

— Justement, moi non plus. Même pas un oiseau ou un criquet. Tout est si calme...

Bizarre.

— Tu as raison, lâcha Ichabod.

Il éperonna Gunpowder. Derrière lui, le jeune Masbath l'imita.

Ils s'arrêtèrent au sommet d'une colline qui surplombait les bois.

Le Cavalier Sans Tête n'était pas venu. Ils n'avaient vu aucun signe de lui. Peut-être avaient-ils entendu des animaux. Peut-être leurs nerfs tendus à craquer leur jouaient-ils des tours...

En contrebas, un peu de fumée montait d'un promontoire rocheux. Ichabod s'avança pour mieux voir. Il distingua l'entrée d'une caverne, défendue par une porte grossière.

La fumée venait d'une cheminée naturelle. Quelqu'un vivait ici ; avec un peu de chance, cette personne saurait quelque chose au sujet du Hessois.

Ichabod et son jeune ami mirent pied à terre. Ils approchèrent de la caverne et frappèrent à la porte.

Personne ne leur répondit.

Ichabod poussa le battant et entra. D'étranges odeurs, qu'il ne parvint pas à identifier, flottaient dans la pénombre. Des peaux et des squelettes d'animaux étaient accrochés aux murs.

Au centre de la caverne, une vieille femme tournait le dos à Ichabod. Elle ne bougeait pas ; ses cheveux gris pendouillaient en mèches filandreuses sur ses épaules.

La sorcière de la forêt, songea Ichabod, se remémorant les paroles de Katrina.

Une idiotie, bien sûr ! C'était juste une vieille femme qui avait choisi la solitude, et dont le mode de vie peu conventionnel devait effrayer les fermiers.

Le jeune Masbath avait pâli. Ichabod tenta de lui lancer un regard rassurant, mais il se sentait aussi effrayé que le petit garçon.

— Pardonnez mon intrusion, commença-t-il d'une voix tremblante.

— Vous venez du village ? coupa la vieille femme sans se retourner.

— D'une certaine façon, oui. Je, euh...

A présent, Ichabod distinguait une table où reposaient une multitude de calebasses évidées remplies de feuilles, de glands ou d'insectes morts. Des couteaux et des ciseaux se mêlaient à un assortiment d'os jaunis.

L'estomac d'Ichabod se noua.

— Je voudrais juste vous dire que... Que je n'ai aucun préjugé concernant vos occupations ou votre façon de vivre. Elles ne... m'importent en rien, balbutia-t-il.

Silence.

— Qui ou quoi que vous soyez, chacun fait ce qu'il veut, ajouta-t-il, de plus en plus gêné.

La vieille femme tendit le bras vers la table et ouvrit le poing. Un cardinal mort en tomba.

Horrifié, Ichabod fit un pas en arrière.

— Vous savez quelque chose au sujet du cavalier, madame ? intervint courageusement le jeune Masbath. Vous savez, le Hessois.

La sorcière passa son index tendu le long de son cou.

— Celui-là, oui, approuva le jeune garçon.

Les yeux d'Ichabod étaient rivés sur la poitrine de la femme où se balançait un étrange pendentif de pierre sculptée auquel on avait attaché un cordon.

La sorcière se leva et désigna Ichabod.

— Vous, suivez-moi, ordonna-t-elle.

Puis elle baissa les yeux vers le jeune Masbath.

— Sors d'ici, gamin. Et tiens-toi à distance ! Quoi que tu entendes, ne rentre pas.

Elle saisit une chandelle et s'enfonça dans la caverne, dont le sol s'inclinait en pente douce.

Ichabod se laissa guider dans une autre pièce de dimensions réduites au sol jonché de paille et d'un assortiment de jarres et de bols. Sur le mur du fond, des fers étaient fixés à des chaînes.

— Euh... Que risque donc d'entendre mon jeune compagnon qui puisse le troubler ? s'enquit Ichabod, pas très rassuré.

— Asseyez-vous, dit la vieille femme en désignant un tabouret branlant.

Il obéit. Lui tournant le dos, la sorcière s'agenouilla devant le mur. Elle glissa ses poignets dans les fers et tira sur les chaînes pour éprouver leur solidité. Puis elle se libéra.

— Il chevauche jusqu'au village. Je l'entends aller et venir. Je hume le sang dans son sillage, déclara-t-elle.

Etrange.

Dangereuse.

— Vraiment ? Eh bien, je... Je suis ici pour le découvrir et l'arrêter.

— Vous voulez voir dans l'au-delà. Je peux vous y aider.

La vieille femme rassembla de la paille pour en faire un petit tas sur le sol. Au sommet, elle plaça les calebasses évidées, ainsi qu'une poignée d'herbes et une pincée d'une curieuse poudre.

— Que... que faites-vous ? s'enquit Ichabod.

La vieille femme saisit un bocal et le secoua. Elle le renversa et en ôta le couvercle. Un bébé chauve-souris, fragile et hébété, tomba à ses pieds. Elle le ramassa d'une main et, de l'autre, lui trancha la tête avec un couteau.

Ichabod sentit la nausée le gagner. Tandis que la sorcière vidait la chauve-souris de son sang au-dessus du tas de paille, il se prépara à bondir vers la sortie.

— Ne bougez pas, et ne dites pas un mot, ordonna la vieille femme. Quand l'Autre arrivera, je le maîtriserai.

Ichabod se figea tandis qu'elle allumait la paille avec sa chandelle. Puis elle repassa ses poignets dans les fers.

— L'Autre ? répéta-t-il d'une voix étranglée.

— Silence ! lui ordonna la sorcière. (Elle ferma les yeux et inspira profondément la fumée.) Il arrive.

Un courant d'air traversa la caverne. Il semblait émaner du feu lui-même, et tourbillonna avec un sifflement plaintif.

La vieille femme s'effondra ; sa tête heurta le sol.

Ichabod se leva.

— Madame ? Tout va bien ?

Pas de réponse.

Le vent se transforma en une bourrasque qui éteignit les bougies.

— Vous m'entendez ? appela Ichabod.

Soudain, la sorcière bondit sur ses pieds. Ce n'était plus une vieille femme rabougrie, mais une créature massive et poilue au visage bestial. Des serpents jaillissaient de ses yeux.

L'Autre.

Elle se jeta sur Ichabod. Celui-ci recula précipitamment et renversa la table.

Mais la créature s'arrêta net, coupée dans son élan par les menottes dont les chaînes n'avaient pas cédé.

— AAAII !

Son cri transperça Ichabod comme un millier d'aiguilles. Il se releva tant bien que mal et battit en retraite jusqu'à ce qu'il sente le mur de la caverne contre son dos.

— Tu es en quête du guerrier baigné de sang. Du Cavalier Sans Tête !

La créature laboura le sol de ses griffes puissantes. Sa voix était caverneuse et grondante.

— Suis la piste indienne jusqu'à l'endroit où meurt le soleil. Jusqu'à l'Arbre des Morts.

La créature tira encore sur ses chaînes. Ichabod vit une fissure s'ouvrir dans le mur.

— Descends à l'endroit où repose le Hessois. M'entends-tu ?

Ichabod hocha la tête et jeta un coup d'œil vers la porte.

CRAAC !

La pierre céda et les chaînes s'arrachèrent au mur. Libérée de ses entraves, la créature bondit sur Ichabod

Il fit volte-face et s'élança vers la liberté. Mais il était trop tard. Il sentit des griffes se refermer autour de sa gorge.

Son cri fut étouffé par les parois de pierre. Ses mains et ses pieds glissèrent sur le sol humide tandis qu'il luttait pour se dégager.

Soudain, la créature relâcha son étreinte. Ses pattes retombèrent sur les épaules d'Ichabod, qui vit qu'elles n'étaient plus terminées par des griffes, mais par les mains desséchées d'une vieille femme...

La sorcière était revenue de l'au-delà... ou de l'Enfer. A demi-inconsciente, elle lâcha un gémissement.

Ichabod la repoussa, se leva d'un bond et sortit en courant.

Le jeune Masbath l'attendait dehors, assis sur un rocher.

— On s'en va ! annonça Ichabod, passant devant lui sans ralentir.

— Qu'est-il arrivé ? demanda le petit garçon, surpris.

— J'ai dit : on s'en va !

Sans plus discuter, le jeune Masbath imita Ichabod, qui sautait en selle.

Tous deux s'éloignèrent au galop.

CHAPITRE IX

— Comment reconnaîtrons-nous l'Arbre des Morts ? demanda le jeune Masbath.

— Sans grande difficulté, je le crains, répondit Ichabod.

Ils étaient au plus profond des bois, suivant le large chemin de terre battue qui devait être la piste indienne.

Le jeune Masbath avait prêté une oreille fascinée au récit de son compagnon. Loin de se montrer effrayé par l'étrange rencontre d'Ichabod avec l'Autre, il semblait encore plus déterminé qu'avant.

Ichabod se remémora les instructions de la créature.

— Descends à l'endroit où repose le Hessois, murmura-t-il.

— Son camp ? hasarda le jeune Masbath.

— Sa tombe, corrigea Ichabod.

Les deux cavaliers se turent en entendant craquer une branche.

Quelqu'un approchait derrière eux.

— Accélère ! ordonna Ichabod d'une voix pressante.

Ils lancèrent leurs montures au galop et gravirent le flanc d'une petite colline.

Arrivé au sommet, Ichabod tira sur les rênes de Gunpowder pour le faire s'arrêter et sauta à terre.

— Continue, dit-il en tendant la bride de son cheval au jeune Masbath.

Celui-ci hésita, puis hocha la tête et obéit.

Ichabod dégaina son pistolet. Il revint sur ses pas en prenant garde à ne pas faire de bruit, s'accroupit et tendit l'oreille.

Par-dessus le gazouillis des oiseaux, il distingua un halètement aisément reconnaissable. Un cheval approchait.

Ichabod s'avança encore. Entre les buissons, une silhouette enveloppée d'une cape grise venait lentement à sa rencontre sur la piste.

Ichabod leva son pistolet et visa d'une main tremblante. Son cœur battait à tout rompre dans sa poitrine, et il respirait avec difficulté.

— Halte là ! cria-t-il. Je suis armé !

Le cheval s'immobilisa tandis que son cavalier se tournait vers lui et baissait sa capuche.

Katrina.

— Ce n'est que moi ! cria-t-elle.

Ichabod baissa son pistolet.

— Katrina ! J'aurais pu vous tuer ! Pourquoi êtes-vous venue ?

— Parce que personne d'autre ne voulait vous accompagner.

Ces mots bouleversèrent Ichabod. Elle avait désobéi à son père pour le suivre ; elle risquait sa vie dans une mission terriblement dangereuse.

Il s'approcha d'elle et lui tendit la main.

— Grâce à votre magie blanche, je vaux maintenant deux hommes.

Katrina se pencha vers lui. Fermant les yeux, il se prépara à l'embrasser.

— Pardonnez-moi...

Ichabod sursauta et fit demi-tour en entendant la voix du jeune Masbath.

Le petit garçon s'empourpra.

— Vous feriez mieux de venir voir.

Ichabod prit une grande inspiration. Il jeta un regard à Katrina, dont le visage radieux semblait plein de promesses.

Plus tard.

Ils suivirent le jeune Masbath dans les bois, jusqu'à l'endroit où il avait attaché Gunpowder et sa propre monture. Bientôt, ils furent de nouveau en selle et repartirent au petit trot sur la piste indienne.

Ils s'arrêtèrent dans une clairière où ne poussait aucune végétation. Une nappe de brume s'élevait du sol nu, masquant presque la silhouette monstrueuse d'un arbre au tronc torturé et aux branches griffues, dont les racines massives jaillissaient de terre comme des serpents. Aussi large qu'une hutte à la base, il s'inclinait abruptement telle une créature pliée en deux par la douleur.

— L'Arbre des Morts, annonça le jeune Masbath.

Katrina hocha la tête.

— On ne saurait s'y méprendre...

Ichabod mit pied à terre et se rapprocha, imité par ses compagnons.

Le tronc du végétal était marqué d'une déchirure verticale, comme s'il avait été coupé en deux par la foudre. Cette blessure devait être ancienne, car l'écorce avait repoussé sur les bords, formant une sorte de cicatrice.

Pourtant, ça a l'air encore frais, songea Ichabod.

Il saisit un morceau d'écorce dentelé et tira. A l'endroit mis à nu perla une goutte de sève sombre et épaisse qui s'épaissit et coula le long du tronc.

Ichabod la recueillit du bout du doigt et la renifla.

— Du sang, constata-t-il.

Katrina pâlit.

— Cet arbre saigne ? Comment est-ce possible ?

Ichabod se dirigea vers Gunpowder et sortit une hache de ses sacoches de selle.

— Que faites-vous ? demanda le jeune Masbath.

— Restez ici, ordonna Ichabod.

Du plat de la lame, il flanqua un coup sur le tronc.

L'arbre était creux.

Ichabod imprima une rotation au manche de sa hache et, l'empoignant à deux mains, attaqua le tronc de toutes ses forces. A chaque impact le flot de liquide grossissait ; le sang se mêlait à un autre fluide, plus épais et verdâtre.

— Que faites-vous ? demanda à son tour Katrina.

— Ne bougez surtout pas, se borna à répondre Ichabod.

Pourtant, ses compagnons se rapprochèrent.

Un gros morceau d'écorce s'était à moitié détaché du tronc. Ichabod lâcha sa hache et voulut tirer dessus, mais l'arbre résista.

Il se pencha et banda ses muscles, pesant de tout son poids sur le morceau d'écorce.

Qui céda.

Dans la cavité était maintenant visible un objet rond, blanc, boursouflé et pris dans un entrelacs de racines.

Alors qu'Ichabod avançait pour l'examiner, il sentit un frisson glacial courir le long de son échine. C'était une tête ensanglantée. Les yeux écarquillés, la bouche grande ouverte, une expression de terreur indicible...

Une tête qu'Ichabod connaissait bien : il l'avait vue la nuit précédente au bout de l'épée du Cavalier Hessois.

Philipse.

Portant une main à sa bouche, il recula en titubant.

Derrière lui, Katrina étouffa un cri.

Ichabod se força à regarder de nouveau la cavité. D'autres têtes tranchées, à un stade plus ou moins avancé de décomposition, s'alignaient sous celle du magistrat. La première était celle de Jonathan Masbath.

— Mon Dieu, souffla Katrina.

Elle attira le petit garçon contre son épaule et le força à détourner le regard.

C'est d'ici qu'émerge le Cavalier Sans Tête. C'est ici qu'il repose.

— Il... il essaye d'emporter les têtes avec lui, murmura Ichabod, mais elles ne passent pas.

— Nous devons quitter cet endroit, souffla Katrina.

— Cet arbre est une porte entre deux mondes, continua Ichabod comme s'il ne l'avait pas entendue.

Selon la légende, le Cavalier a été enterré non loin d'ici...

Il fit le tour de l'arbre, les yeux rivés sur le sol, à la recherche de...

Là. L'épée du Hessois. Celle qui marquait l'emplacement de sa tombe. Rouillée, prise dans une gangue de racines.

Ichabod s'agenouilla et posa une main sur le sol.

— « Descends à l'endroit où repose le Hessois... » Apportez-moi une pelle !

Levant les yeux, il vit le jeune Masbath blotti contre Katrina, le visage enfoui dans la poitrine de la jeune fille.

Imbécile sans cœur, se morigéna Ichabod. *Il vient de voir la tête de son père !*

— Pardonne-moi, dit-il doucement. Je...

Le jeune Masbath se dégagea de l'étreinte de Katrina. Il se redressa de toute sa hauteur et essuya les larmes qui maculaient son visage.

— Oui, monsieur. *Deux* pelles et le fusil, dit-il bravement.

Il se dirigea vers les chevaux.

Ichabod et Katrina échangèrent un regard. La jeune fille avait peur. L'inspecteur n'en menait pas large non plus, mais si un enfant se sentait de taille à affronter le Hessois, ils ne pouvaient pas reculer. Ils devaient arrêter ce monstre.

— Je vais vous aider à creuser, proposa Katrina.

Le jeune Masbath revint avec deux pelles et le fusil.

— Toi, tu montes la garde ! lui ordonna Ichabod.

Pendant que le petit garçon s'accroupissait, l'arme sur ses genoux, ses compagnons commencèrent à creuser.

Le crépuscule tombait sur les bois. Au-dessus d'eux, seuls les couinements des chauves-souris rompaient le silence.

— Cette terre a été retournée récemment, fit remarquer Katrina.

Leurs pelles ne tardèrent pas à heurter un objet solide enveloppé de toile. Le jeune Masbath s'approcha.

Le linceul improvisé était à moitié rongé par les vers. Ichabod tira dessus, secouant les mottes de terre qui s'y accrochaient.

— Regardez ! s'exclama-t-il.

Sous la toile, il apercevait un uniforme. Moisi et en lambeaux, mais distinctement hessois. Comme ceux des mercenaires qu'Ichabod se rappelait avoir vus dans son enfance, les maraudeurs qui avaient aidé les Anglais pendant la Révolution.

Sous ce vêtement reposait le squelette dépourvu de tête d'un homme aux épaules larges et aux membres interminables.

— Ça alors, murmura Katrina, stupéfaite. Qu'est-ce que ça signifie ?

Ichabod bondit sur ses pieds.

— Ça signifie, chère mademoiselle Van Tassel... Ça signifie que... Mais oui ! Qu'est-ce que ça signifie au juste ? Quelque chose de très important, à moins que je ne me trompe du tout au tout. Quoi exactement, seul le temps nous le dira. Mais je sens que nous touchons au but. Il nous faudrait juste un indice supplémentaire...

— Ichabod ! cria Katrina.

Ichabod sentit un mouvement sous ses pieds. Les racines de l'arbre étaient vivantes ; elles ondulaient comme les tentacules d'une créature souterraine. Il bondit sur le côté, baissant un regard plein d'horreur sur les racines qui enveloppaient le squelette et l'attiraient dans les profondeurs de la terre.

Derrière lui retentit un bruit de succion. Il se retourna. La plaie de l'arbre palpitait, se rétractant comme si elle était devenue liquide.

Les têtes tranchées disparurent, aspirées dans le tronc. La fente se ferma et bouillonna.

Fiche le camp. Tout de suite !

Ichabod sauta par-dessus la tombe et s'élança vers les chevaux, faisant signe à Katrina et au jeune Masbath de le suivre.

Leurs montures renâclaient et lâchaient des hennissements affolés.

Un grondement monta du sol, qui trembla comme à l'approche d'un séisme.

Ils n'avaient pas le temps de bondir en selle. Ichabod, Katrina et le jeune Masbath se précipitèrent vers les arbres pour se mettre à couvert. Ils se tapirent dans les buissons et se tournèrent vers la clairière.

Avec un craquement sinistre, la plaie de l'arbre se rouvrit, projetant une pluie de cendres.

Une lumière naquit au centre du nuage. Elle devint de plus en plus intense et Ichabod dut se protéger les yeux pour ne pas être ébloui... mais pas avant d'avoir vu deux silhouettes se dessiner : celles de Daredevil et du Cavalier Sans Tête.

Puis la lumière explosa. Le monstrueux étalon traversa la clairière au galop pour rejoindre la piste indienne, ses sabots soulevant des étincelles chaque fois qu'ils frappaient la terre.

Quelques instants plus tard, le Cavalier et sa monture eurent disparu.

— Vous avez vu ça ? haleta Ichabod.

Ne reste pas planté là. Suis-le !

S'ébrouant pour combattre son hébétude, il courut vers Gunpowder.

— Ramène Katrina à la maison ! cria-t-il à son jeune assistant.

— Inspecteur, ne faites pas ça ! supplia le jeune Masbath.

Mais Ichabod avait déjà sauté en selle et éperonnait le vieux cheval. Monstre ou pas, le Cavalier Sans tête ne lui échapperait pas.

CHAPITRE X

Maudit Killian ! Maudite carne ! Si seulement je pouvais aller plus vite !

Dans la pénombre, Ichabod avait du mal à repérer les empreintes de Daredevil. Il avait perdu de vue le Cavalier Sans Tête.

Il suivit la piste le long d'une pente douce qui lui sembla familière. Une colline se dressait devant lui. Au sommet, des flammes projetaient leur lumière sur une clairière entourée d'arbres fantomatiques.

Sur la pente, Ichabod fit ralentir Gunpowder. A présent, il apercevait la source du brasier : c'était l'entrée de la caverne de la sorcière.

Son cheval se cabra ; Ichabod dut lutter pour le contrôler.

Finalement, il préféra sauter à terre et continuer à pied.

Les flammes jaillissaient de la grotte comme une torche géante, projetant vers lui un nuage de fumée noire. Secoué par une quinte de toux, Ichabod avança en faisant de grands gestes pour dissiper ce brouillard et tenter de se repérer.

Bien qu'il ne puisse pas le voir, il sentit que le sol devenait rocailleux. Il glissa, heurta un rocher, et, par réflexe, tendit les mains pour amortir l'impact.

Quand il les examina, elles étaient couvertes d'un liquide sombre et poisseux. Du sang. Devant lui gisait un corps enveloppé de haillons.

Ichabod eut un hoquet de stupeur et recula. A n'en pas douter, c'était le cadavre de la sorcière. Sa tête avait disparu ; la peau de son cou était en lambeaux et saignait encore.

Il y avait du sang partout : de petites flaques à l'entrée de la caverne, des rigoles qui couraient entre les rochers et imbibaient les feuilles mortes.

Luttant contre la nausée, Ichabod essaya de réfléchir clairement. Il manquait quelque chose.

Quelque chose d'autre que la tête de la malheureuse.

Son amulette de pierre. Elle aussi s'est volatilisée.

Le hennissement d'un cheval couvrit le rugissement des flammes. Ça ne pouvait pas être celui de Gunpowder : il était trop fort, trop puissant.

Daredevil ?

Ichabod plissa les yeux, tentant de voir à travers la fumée. Mais celle-ci était trop épaisse.

Il ne put qu'écouter un bruit de cheval s'éloignant au galop.

Au plus profond de la forêt, Brom Van Brunt tira sur les rênes de sa monture. Quand il leva la main, ses amis Glen et Théodore s'arrêtèrent aussi.

Brom saisit le mousquet qu'il portait en bandoulière et le serra si fort que les jointures de ses doigts blanchirent. Tous les sens en alerte, les trois hommes écoutèrent le bruit de sabots qui résonnait dans le lointain.

— Séparons-nous ! ordonna Brom. Cette fois, il ne nous échappera pas.

Ils partirent dans trois directions différentes.

Dans la petite maison qui jouxtait les écuries, le jeune Tom Killian entendit un grondement.

Il venait de finir son dîner. De l'autre côté de la table, repu et affalé sur sa chaise, son père se curait les dents avec la pointe de son couteau.

Au moment où la mère de Tom se leva pour débarrasser, la table trembla. Les verres tintèrent ; les assiettes vibrèrent.

Tom détestait l'orage. Il jeta un coup d'œil par la fenêtre, mais ne vit ni pluie ni éclairs. Quittant la table, il se dirigea vers la cheminée. Il saisit une chandelle de suif posée sur le manteau et l'alluma, puis alla dans sa chambre.

Assis sur le plancher, il utilisa la mèche pour allumer son jouet favori : une lanterne magique. La lumière brillante éclaira les parois de verre où étaient peints des monstres effrayants. Les lions au poil hérissé, les dragons rugissants et les créatures aquatiques aux écailles luisantes semblèrent s'animer sous ses yeux.

Tom fit tourner la lanterne. La flamme projeta un reflet déformé des monstres sur les murs.

— ROOOOAAAAR, gronda le petit garçon.

Il se sentait déjà beaucoup mieux.

Dans la cuisine, Beth Killian posa les poings sur ses hanches et se tourna vers son mari.

— Ne te cure pas les dents. Tu vas donner de mauvaises habitudes à Tom.

— Mais je suis une mauvaise habitude à moi tout seul, plaisanta Killian en l'attirant affectueusement contre lui. Tu ne peux rien y faire.

Beth ne put s'empêcher de sourire.

— Ah oui, vraiment ?

Elle se pencha pour l'embrasser mais se figea soudain. Le grondement avait repris, plus fort et plus insistant. Le plancher vibrait sous leurs pieds.

Killian posa son couteau. Beth jeta un coup d'œil vers la chambre de Tom.

Avec un bruit pareil à celui d'un coup de feu, une des fenêtres de la cuisine s'ouvrit et alla claquer contre le mur. Un vent féroce s'engouffra dans la pièce. Toute la maison craqua, comme si elle était secouée par la main d'un géant.

La première pensée de Beth fut pour son fils. Comme il devait être terrifié ! Traversant la cuisine, elle se dirigea vers sa chambre et ouvrit la porte à la volée.

Mais Tom était assis par terre, fasciné par les monstres colorés qui dansaient autour de lui.

Comme il est courageux, songea Beth, attendrie.

Sans crier gare, les animaux s'immobilisèrent.

Plus un frémissement malgré la violence de la tempête...

En principe, la lanterne aurait dû s'agiter dans tous les sens.

— Beth ! appela M. Killian dans la cuisine.

Le sourire de sa femme s'évanouit. Le vent retomba d'un coup et un silence inquiétant s'abattit sur la maison.

Mme Killian retint son souffle.

Les créatures recommencèrent à tourner dans la chambre de leur propre volonté, comme si elles échappaient aux lois de la nature. Elles prirent de la vitesse jusqu'à danser sur les murs et devenir presque impossibles à distinguer les unes des autres, rompant le calme surnaturel qui régnait autour d'elles.

Beth prit son fils par le bras et s'élança vers la porte de la chambre.

Dans la cuisine, un éclair jaillit soudain de la cheminée, baignant la pièce d'une lueur blanche, crue et aveuglante. Les flammes se tordirent et tourbillonnèrent jusqu'à ce qu'une masse grouillante de visages démoniaques dansent dans l'âtre.

Effrayé, M. Killian recula.

CRAAC ! Une hache à double tranchant avait fendu la porte de devant.

Killian tituba.

— Cours, Beth ! cria-t-il.

Sa femme battit en retraite dans la chambre de Tom.

Killian était seul. Il se tourna vers la silhouette sombre et massive qui enjambait les débris du battant : celle d'un soldat hessois décapité, une hache dans chaque main.

— Fiche le camp ! cria Killian.

Mais les hurlements de la tempête engloutirent sa voix.

Le Cavalier leva un bras.

Killian saisit un tisonnier près de la cheminée et le brandit pour parer le coup. L'impact fut si fort qu'il en chancela.

Le Cavalier tenta de le frapper avec sa seconde hache.

Killian esquiva. La lame alla heurter l'âtre, dont elle fendit une pierre.

Tandis que le Cavalier préparait son attaque suivante, Killian obéit à son instinct. De toutes ses forces, il lança le tisonnier. La pointe transperça la poitrine du Cavalier et ressortit dans son dos.

Avec une expression horrifiée, Killian recula. Son adversaire était toujours debout et il ne semblait pas incommodé par sa blessure. Le plat de sa lame atteignit Killian, violemment poussé contre la cheminée.

Sa tête heurta l'angle de pierre et il s'affaissa.

Le Cavalier dégagea le tisonnier fiché dans sa cage thoracique, le laissa tomber à terre et se dirigea vers Killian.

Il l'empoigna par les cheveux et leva sa hache.

Mort.

Il est mort.

Le Cavalier Sans Tête est venu, et il l'a tué.

Tom ne parvenait pas à articuler un son. Il n'arrivait pas à prononcer les mots qu'il savait être la vérité, mais il avait tout entendu.

Sa mère semblait au bord de la panique. Elle souleva le tapis, découvrant la petite trappe qui l'avait toujours effrayé : celle qui conduisait sous la maison, à l'endroit où vivaient les rats et les araignées.

Mais pour une fois, ce n'était pas grave. Tout vaudrait mieux que de rester prisonniers dans sa chambre.

Beth souleva Tom du sol et le fit passer dans l'ouverture. Il tenta de contenir ses sanglots. Sans succès.

— Chut, chut, lui souffla sa mère. Tu ne dois pas faire de bruit.

Mais Papa...

— Maman...

— Tu dois te cacher !

Tom se recroquevilla dans l'espace étroit. Il n'était pas sûr qu'il y ait assez de place pour sa mère et pour lui.

Beth ne tenta pas de le rejoindre. Elle referma la trappe au-dessus de sa tête.

A présent, elle était seule là-haut. Avec *lui*.

Tom entendit la porte de la chambre s'ouvrir. Entre les lattes du plancher, il aperçut l'ombre d'un homme qui brandissait quelque chose de lourd.

Maman !

Il la vit s'écrouler sur le sol. De sa cachette, il distinguait même les motifs de sa robe.

Il entendit un objet rouler à travers la pièce puis s'arrêter au-dessus de lui. Des mèches de cheveux familières se glissèrent à travers un interstice et vinrent lui caresser le visage.

Tom se roula en boule, fermant les yeux tandis que le Cavalier attaquait le plancher de sa chambre à la hache.

CHAPITRE XI

Quand Brom émergea de la forêt, il repéra immédiatement l'étalon noir qui attendait près de la maison de Killian, le propriétaire des écuries du village.

Daredevil !

Son cœur fit un bond dans sa poitrine. Eperonnant sa monture, il se précipita.

La porte de la maison s'ouvrit et la silhouette du Cavalier Sans Tête se découpa dans l'encadrement. Sur son épaule, il portait un sac que gonflaient trois objets ronds : deux gros et un petit.

Brom frissonna. Il arrivait trop tard. La créature avait assassiné la famille Killian.

Le Hessois sauta en selle. Son œuvre sinistre achevée, il entendait rentrer chez lui... Pour le moment ! Mais Brom savait que la soif de sang le reprendrait. Il se lèverait de nouveau, et les femmes et les enfants du village ne seraient pas en sécurité.

Il n'en est pas question, pensa fièrement Brom. *Pas si j'ai mon mot à dire.*

Prenant les rênes de son cheval entre ses dents, il saisit son fusil et visa.

En plein dans le mille !

Sa balle traversa le Cavalier Sans Tête, le désarçonnant et le projetant à terre. L'étalon noir s'enfuit au galop.

Brom s'élança vers la maison des Killian. Il arrêta sa monture devant le corps qui gisait face contre terre. Le

Hessois n'était ni aussi invincible ni aussi futé que tout le monde l'avait cru...

Il avait compté sans les hommes de mon espèce, se réjouit Brom.

Avec un rictus triomphant, il descendit de son cheval et se dirigea vers sa proie.

Alors celle-ci se redressa brusquement.

Brom se figea. Il se laissa tomber à genoux et, d'une main tremblante, s'efforça de recharger son fusil.

Le Cavalier Sans Tête était toujours vivant. Pourtant, la balle lui avait déchiré la poitrine. Aucun homme n'aurait pu résister à une blessure pareille.

Dégainant son épée, le Hessois s'approcha. Brom vit les lambeaux de chair et les viscères exposés à l'endroit où son coup l'avait atteint.

Aucun homme... Mais ce n'est pas un homme : c'est un monstre, se souvint-il.

— YEEEEA ! rugit Brom en pointant son fusil vers la silhouette qui avançait sur lui.

Le Hessois fut plus rapide. Son épée décrivit un arc de cercle en direction de la tête de Brom.

CLANK.

Le fermier bloqua le coup avec le canon de son fusil, mais le Cavalier ne se laissa pas démonter pour autant.

CLANK. CLANK. CLANK.

Brom ne pouvait plus que parer et prier.

Dès qu'Ichabod sortit de la forêt, il entendit le bruit métallique des armes qui s'entrechoquaient. Il vit le Cavalier, la poitrine déchirée, abattre une épée sur le fusil de Brom et l'envoyer voler au loin. Puis il vit le fermier s'effondrer sur le sol, sans défense.

Malgré la distance, il reconnut la peur qui déformait son visage.

Pourtant, le cavalier ne l'acheva pas. Il se détourna et s'éloigna.

Comme il l'a fait dans les bois quand j'étais avec Katrina et le jeune Masbath. Ce n'est pas nous qu'il veut. Il choisit ses victimes.

Le Cavalier ne massacrait pas les habitants de Sleepy Hollow au hasard. Il avait un mobile. Si Ichabod le découvrait, peut-être pourrait-il sauver la prochaine cible.

Une fois en possession de cette information, tous les espoirs lui seraient permis. Entre autres choses, il pourrait envisager de capturer le monstre.

Pendant qu'Ichabod réfléchissait, Brom avait dégainé une dague et se relevait.

L'imbécile !

Ichabod galopa en direction du fermier, mais celui-ci ne parut pas le remarquer. Il brandit son arme et, avec un bruit écœurant, la logea dans le dos du Hessois.

Le Cavalier se retourna, la pointe de l'arme dépassant de sa poitrine. Il la saisit à deux mains et l'arracha de son corps.

Pâle de terreur, Brom prit ses jambes à son cou.

Le Cavalier lança une dague qui siffla dans les airs avant d'aller se ficher dans la cuisse de Brom. Le fermier poussa un cri de douleur et s'effondra.

Epée brandie, le Hessois se dirigea vers lui.

Ichabod enfonça ses talons dans les flancs de Gunpowder.

Plus vite, espèce de carne !

Le Cavalier avait posé un pied sur le dos de Brom, le maintenant à terre. Ichabod saisit sa lanterne.

Encore quelques mètres...

Tenant son épée à deux mains, le Hessois se prépara à l'abattre sur sa victime.

Maintenant !

Ichabod fit tourner sa lanterne et frappa le Cavalier au flanc. Déséquilibré, il trébucha et tomba.

Brom se releva tant bien que mal. Boitant très bas, il se traîna jusqu'à la grange de Killian. Ichabod sauta à terre et le suivit.

Au moment où le Cavalier se relevait, Brom ressortit en brandissant deux longues faux. Mais son adversaire ne se souciait plus de lui et revenait déjà vers Daredevil.

Sans crier gare, Brom lâcha une de ses armes pour s'emparer du pistolet d'Ichabod.

— Attendez ! cria l'inspecteur en lui prenant le bras. Ne voyez-vous pas qu'il n'en a pas après nous ?

Mais le fermier ne l'écoutait pas. Il se dégagea, visa et tira.

La balle atteignit le Hessois dans le dos. Son uniforme se déchira, et sa chair explosa. Déséquilibré, il tituba en avant et se retourna vers les deux hommes.

— Maintenant, c'est différent, murmura Ichabod.

Brom se débarrassa du pistolet et se baissa pour ramasser la faux.

Du coin de l'œil, Ichabod capta un mouvement. Deux cavaliers émergèrent des bois : Glen et Théodore, les amis de Brom.

Un instant, il espéra qu'ils se joindraient à eux pour combattre le Hessois. A quatre, peut-être auraient-ils raison du monstre.

Mais Ichabod déchanta vite car les fermiers firent demi-tour et s'enfuirent à bride abattue.

Le Hessois se jeta sur Brom, son épée dans une main et une hache dans l'autre. Le fermier para ses attaques avec les faux de Killian.

Ichabod entra dans la grange et y prit une faucille. Il la leva à deux mains et se précipita vers le Cavalier Sans Tête, qui avançait sur Brom.

La créature se retourna et para le coup d'Ichabod avec sa hache.

L'inspecteur fit un bond en arrière et revint à la charge. Brom attaqua de l'autre côté pour prendre le monstre en tenaille. Mais le Hessois se déplaçait à une vitesse incroyable, parant ou déviant leurs coups sans effort apparent.

Ichabod sentit plus qu'il ne vit une hache lui arracher sa faucille des mains. Quand il fut désarmé, le Cavalier se tourna vers Brom, ses deux armes s'abattant avec une précision mortelle.

Le fermier réussit à parer. Les deux adversaires se retrouvèrent immobilisés, à une longueur de bras l'un de l'autre.

Un moment, rien ne se produisit.

Puis le Hessois lança un coup de pied.

Brom vola en arrière. Il roula sur lui-même, ramassa la faucille d'Ichabod au passage, se releva et se jeta sur le Cavalier.

Avec un bruit mou, la lame s'enfonça dans le flanc du monstre.

— Cette fois, je crois que vous avez réussi à le mettre en colère, souffla Ichabod.

Le monstre lutta pour arracher la faucille de ses chairs puis la jeta au loin. Le manche atteignit Ichabod à la mâchoire ; il trébucha et tomba lourdement sur le sol. Brom lui tendit la main pour l'aider à se relever.

— Nous ne pouvons pas gagner, dit Ichabod.

Brom s'en était aperçu. Ils devaient s'enfuir.

Le fermier empoigna ses faux tandis qu'Ichabod saisissait une hache à fendre le bois logée dans une souche. Puis ils s'élancèrent vers le pont couvert.

Un plan, songea Ichabod. *Il nous faut un plan.*

Mais il n'arrivait pas à réfléchir, seulement à *ressentir*. Et pour le moment, tout ce qu'il ressentait, c'était une panique absolue.

Avant qu'ils n'atteignent le pont, la jambe blessée de Brom se déroba. La plaie saignait abondamment. Ichabod lui offrit son bras et le soutint pendant qu'ils s'engageaient dans la structure de planches.

Derrière eux, les pas du Cavalier se rapprochaient, faisant vibrer le sol.

Ichabod voulut dire à Brom de presser le pas, mais le fermier grimaçait de douleur.

Nous n'y arriverons jamais.

Soudain, Ichabod remarqua que le bruit des pas de leur poursuivant s'était modifié. Il sonnait plus *creux* à présent.

Il leva la tête. Le Cavalier était au-dessus de leur tête, ses bottes martelant le toit du pont couvert.

Parvenu à l'autre extrémité, le Hessois sauta à terre et atterrit face à eux.

Ichabod se figea. La silhouette massive de leur adversaire leur bloquait le passage.

Lentement, il avança vers les deux hommes.

Ichabod lâcha Brom. Il empoigna sa hache, plongea et frappa. Mais, d'une parade, le Hessois brisa net le manche de son arme.

Puis il se dirigea vers le fermier en levant son épée.

Obéissant à son instinct, Ichabod bouscula Brom pour l'écarter de la trajectoire de la lame.

Il sentit celle-ci mordre dans son épaule et lui déchirer le dos.

Il cria de douleur.

Le Cavalier brandit son épée. Ichabod fut soulevé de terre, les chairs déchirées.

Puis il s'écroula sur le sol.

En proie à une insupportable douleur, il porta sa main valide à son épaule blessée. Des taches rouges dansaient devant ses yeux. Il lutta pour se concentrer malgré la souffrance.

Brom s'était relevé sur des jambes tremblantes.

Le Cavalier avança vers lui, jouant de la hache et de l'épée. Sa rapidité et sa précision n'avaient d'égale que son calme.

On ne pouvait pas en dire autant du fermier, dont le visage était déformé par la terreur. Il recula, parant avec de plus en plus de difficulté.

Ichabod ne voyait plus que le dos du Hessois et il n'entendait plus que le fracas métallique des armes qui s'entrechoquaient.

Il voulut se relever pour aller aider Brom. Mais ses jambes se dérobèrent au moment où la hache du Cavalier siffla dans l'air.

Un bruit sourd, comme celui d'un corps qui s'effondre... Ichabod releva la tête : tel un bûcheron, le Hessois était en train de s'acharner sur le cadavre de Brom.

Quand il eut terminé, il se tourna vers Ichabod.

La vision de l'inspecteur se brouilla. Jamais il n'aurait cru finir de la sorte.

Mais le Cavalier le dépassa sans lui prêter attention et se dirigea vers son cheval, abandonnant derrière lui les restes ensanglantés de Brom Van Brunt.

Ce fut la dernière image qui s'imprima sur la rétine d'Ichabod avant qu'il ne s'évanouisse.

CHAPITRE XII

— Remarquable. Une blessure pareille aurait dû le tuer. Mais je n'ai même pas besoin de la recoudre, et il n'a presque pas perdu de sang.

Dans le brouillard qui l'enveloppait, Ichabod reconnut la voix du docteur Lancaster.

Luttant pour ouvrir les yeux, il se sentit faible, glacé, le corps couvert d'une sueur gluante. Une douleur sourde déchirait son épaule et se communiquait à tous ses membres.

Peu à peu, le visage du docteur se précisa devant ses yeux, ainsi que celui de Baltus Van Tassel.

Ichabod était dans sa chambre. La nuit tombée, des bougies éclairaient la pièce.

— Il se réveille, constata Baltus.

Je vis. Brom est mort. Le Cavalier s'est échappé. Où est Katrina ? En sécurité, j'espère.

Ichabod tenta de s'asseoir, mais retomba sur son oreiller.

— Vous devez rester calme, dit le docteur Lancaster. Vous avez beaucoup de fièvre.

Qu'il soit malade importait peu. Une seule chose comptait.

— Katrina, balbutia-t-il.

Dans la cuisine du manoir, Katrina était penchée au-dessus de l'âtre. Sur le sol de brique reposaient un couteau et un corbeau mort aux pattes coupées.

Une timbale était suspendue dans les flammes ; dedans, des feuilles vertes flottaient à la surface d'un liquide laiteux qui commençait à bouillir.

— *Nostradamus mediamus, lait de miséricorde in media nos laudamus,* psalmodiait la jeune fille. *Nostradamus mediamus, lait de miséricorde in media nos laudamus...*

Elle répéta son incantation le nombre de fois requis, car c'était crucial. Puis elle retira adroitement la timbale du feu et la posa sur un plateau pour la laisser refroidir. Quand le breuvage eut atteint la bonne température, elle le porta dans la chambre d'Ichabod.

Son père et le docteur Lancaster étaient déjà au chevet de l'inspecteur. Penchés sur lui, ils s'efforçaient de lui faire avaler un remède d'une couleur verdâtre peu appétissante.

— Ça vous fera du bien, insistait le docteur.

Mais les lèvres d'Ichabod demeuraient scellées... Elles avaient raison, songea Katrina, car les potions du docteur étaient aussi inefficaces que ses bonnes paroles.

La jeune fille s'assit au bord du lit d'Ichabod. Il la regarda de ses yeux enfiévrés. Ses cheveux étaient collés à son front, sa peau avait une teinte cireuse.

— Je... j'ai essayé d'arrêter Brom, croassa-t-il, mais...

— Chut, dit doucement Katrina. Personne n'aurait pu faire davantage. Buvez, ça vous fera dormir.

— Le Cavalier ne voulait pas le tuer... et moi non plus. Si Brom ne l'avait pas attaqué...

— Plus tard, coupa Baltus. Pour le moment, vous devez vous reposer.

Mais Ichabod insista.

— J'ai découvert quelque chose...

— Il délire, souffla Baltus au docteur Lancaster.

— Le Cavalier ne tue pas pour le plaisir. Il choisit ses victimes.

— Buvez, ordonna Katrina.

Elle porta la timbale aux lèvres d'Ichabod, qui la vida d'un trait. Puis il retomba sur son oreiller, inconscient.

Baltus se pencha vers sa fille, de l'inquiétude sur le visage.

Derrière eux, la porte s'ouvrit, et dame Van Tassel entra dans la pièce.

— Que se passe-t-il, Baltus ? demanda-t-elle en prenant la main de son mari.

— Rien. Rien du tout. Ne te mets pas martel en tête, ma chérie.

Les yeux d'Ichabod papillonnaient sous ses paupières closes.

Parfait, songea Katrina.

Il était en train de rêver. Pendant ce temps, au moins, il ne souffrirait pas.

Il est dans un lieu saint, une église, mais il n'en tire aucun réconfort : juste de la terreur.

C'est la nuit. A la lumière de sa lanterne, les statues projettent de longues ombres qui semblent le suivre.

Il cherche quelque chose... Quelqu'un...

Un bruit résonne derrière lui.

Il s'accroupit entre deux rangées de bancs et couvre sa lanterne. Il ne doit pas être vu.

De l'autre côté de l'église, une porte rouge s'ouvre. C'est son père. Il est accompagné d'un second homme au visage hideux : celui qui a emmené sa mère. Ils parlent à voix basse, et Ichabod n'entend pas ce qu'ils disent.

L'inconnu tient un morceau de parchemin. Son père et lui pénètrent dans l'église.

Ichabod se fait tout petit. Il sent la boue accrochée aux semelles des deux hommes et la légère odeur d'encens qui émane de leurs vêtements. Puis ils sortent par la porte de devant.

Ichabod reste seul... peut-être.

Il se lève et se dirige vers le petit battant rouge : l'entrée de la pièce secrète. Une voix le presse de ne pas y aller, mais il refuse de l'écouter. Il doit savoir.

Il pousse la porte. Un rayon de soleil matinal filtre par une fenêtre de verre sale, projetant une pâle lueur dans la pièce.

Ichabod s'est souvent imaginé ce qu'elle contenait : des robes, des encensoirs, des cierges, des statues et des icônes...

Mais il s'est trompé. Aucun de ces objets n'est visible. Au lieu de tapisseries, les murs sont garnis de fers. Des longs couteaux effilés sont posés sur une table, à côté d'un assortiment d'aiguilles et d'une sorte de tire-bouchon. Une chaise hérissée de pointes se dresse dans un coin.

« A chaque crime sa punition. » Ce sont les mots de son père. Mais ici... et comme ça ?

Ichabod sent ses jambes trembler. Il recule d'un pas.

Alors il voit le cercueil.

Sauf que ça n'en est pas tout à fait un. Ça ressemble plutôt à un sarcophage métallique. Debout contre le mur, fermé par un cadenas. Avec une fente à la hauteur du visage.

Et à travers cette fente, éclairés par le rayon de soleil, Ichabod distingue deux yeux qu'il connaît bien, deux yeux qui ont toujours été pleins de joie et d'amour quand ils se posaient sur lui.

A présent, ils sont dénués de vie et fixent un point, droit devant eux.

Ichabod a retrouvé sa mère.

Un cri résonne dans la sacristie. Il l'entend, mais ne s'aperçoit pas qu'il sort de sa gorge. De ses poings fermés, il martèle le cadenas, essayant de l'ouvrir, d'inverser le cours du temps.

Ma faute ! C'est ma faute ! Elle m'a appelé au secours, mais je n'y suis pas allé.

Les yeux de sa mère le regardent sans le voir.

Finalement, il abandonne et se laisse glisser sur le sol. La douleur est si intense qu'il croit que sa poitrine va exploser.

Devant lui, les pointes de la chaise luisent faiblement au soleil.

Il tend les mains pour les effleurer. Appuie ses paumes un peu plus fort. Des perles de sang commencent à goutter.

De tout son poids, il pèse dessus. Les pointes labourent sa peau.

Et il ne sent plus la douleur.

CHAPITRE XIII

— Ahhh !

Ichabod se réveilla en sursaut. Deux bras se refermèrent autour de lui pour le forcer à se rallonger.

Katrina.

— Chut, souffla-t-elle d'une voix apaisante. Vous avez fait un cauchemar.

Sortant un mouchoir, elle lui tamponna les paumes. De minces filets de sang coulaient des cicatrices dont il n'avait jamais compris la provenance jusqu'à ce soir.

— Oui, acquiesça Ichabod. J'ai rêvé de choses que j'avais oubliées et dont j'aurais préféré ne pas me souvenir.

— Aussi pénible que ce soit, il faut en passer par là pour atteindre la paix de l'esprit, déclara Katrina. Qu'est-ce qui vous hante, Ichabod ?

— Avant, j'allais bien. C'est le monde qui était malade. Mais depuis mon arrivée ici...

— Vous n'étiez pas heureux quand vous êtes arrivé. Je pense que vous souffriez d'une blessure beaucoup plus profonde que celle que vous a infligée le Cavalier...

La jeune fille posa le dos de sa main sur le front d'Ichabod.

— Mais votre fièvre est tombée. Bien que je ne puisse pas guérir le monde, j'aimerais vous permettre d'y vivre en paix. Dites-moi de quoi vous avez rêvé.

— Du jour où j'ai découvert ma mère morte. De la façon dont le Mal revêt parfois les habits du Bien, et inversement. C'était une innocente, une enfant de la nature, qui fut condamnée et assassinée par mon père.

— Assassinée par... ?

— Oui, par un tyran noir comme sa Bible, sous le prétexte de sauver son âme. J'avais sept ans quand j'ai perdu la foi.

— A quoi croyez-vous, Ichabod ?

— A la logique et à la raison, aux causes et aux conséquences, à un univers ordonné. Jamais je n'aurais dû venir dans cet endroit où mon esprit rationnel est sans cesse mis en échec.

Katrina hocha tristement la tête.

— N'y a-t-il rien à Sleepy Hollow qui justifie le déplacement ?

— Rien, sinon... (Ichabod la regarda dans les yeux.) le baiser d'une jolie femme qui n'avait pas vu mon visage et ne connaissait même pas mon nom.

— Sans logique et sans raison, sourit Katrina en se penchant vers lui. C'était un baiser à crédit.

A crédit... Le moment est peut-être venu de rembourser ma dette.

Ichabod sursauta.

— Mon Dieu... pardonnez-moi. Je parle de baisers alors que le cadavre de votre fiancé n'est pas encore froid.

— J'ai pleuré Brom, répondit Katrina. Pourtant, je n'ai pas le cœur brisé. Cela fait-il de moi une mauvaise femme ?

— Non... Bien que vous soyez sans doute un peu sorcière.

— Pourquoi dites-vous ça ?

Les yeux de la jeune fille sondaient l'âme d'Ichabod, à la recherche de l'endroit où finit le rationalisme et où commence l'émotion.

Vas-y, dis-le lui.

— Parce que vous m'avez ensorcelé.

Tandis qu'ils s'enlaçaient, le cauchemar se dissipa, et Ichabod oublia le sang dont ses mains étaient maculées.

Au rez-de-chaussée, dans le quartier des domestiques, le jeune Masbath s'assit dans son lit.

Depuis la mort de son père, il avait du mal à dormir. Pour lui, le monde n'était plus un endroit sûr et rationnel. Le plus léger bruit suffisait à le réveiller en sursaut. Ce soir, c'étaient des pas à l'extérieur de la maison.

Il jeta un coup d'œil par la fenêtre. La lumière douce d'une lanterne se balançait quelque part sur la pelouse, portée par une silhouette enveloppée d'une cape qui se dirigeait vers le village.

Le jeune Masbath bondit hors du lit, se vêtit rapidement et entreprit de la suivre.

Comme tous les autres dans cet endroit oublié de Dieu, ce matin-là était gris et sinistre. Ichabod se réveilla en entendant s'ouvrir la porte de sa chambre.

Katrina.

Il se redressa, le cœur battant. Mais ce n'était que dame Van Tassel, porteuse d'un plateau de petit déjeuner.

— Vous avez dormi comme un mort, le taquina-t-elle.

Ichabod remonta pudiquement les couvertures sous son menton.

— Vous êtes trop bonne pour moi. Je ne m'attendais pas à être servi par la dame de la maison.

— Oh, ne croyez pas que ça m'enchante. Mais la servante a disparu.

— Sarah ?

— Elle s'est enfuie, comme beaucoup d'autres. Les gens ont peur. Ils quittent la ville sans cérémonie.

— Où est... ?

Ichabod s'empêcha de prononcer le nom de Katrina : il ne voulait pas trahir ses sentiments.

— Elle vous a veillé jusqu'à l'aube, dit dame Van Tassel en lui tournant le dos. A présent, à son tour de dormir !

Elle savait. Elle comprenait tout. Ichabod sentit le rouge lui monter aux joues.

Alors que dame Van Tassel sortait, le jeune Masbath entra dans la chambre et prépara les vêtements d'Ichabod.

— Aide-moi à me lever, ordonna l'inspecteur. J'ai beaucoup de travail devant moi...

— Où allons-nous ? demanda le petit garçon.

— A l'étude du notaire.

— Pourquoi ?

— Parce que c'est là que doivent être le testament et les dernières volontés de Peter Van Garrett.

— Vous avez découvert une piste ?

— Peut-être. Je me suis souvenu d'une chose que tu m'as dite : la veuve Winship apportait souvent des œufs chez les Van Garrett.

Pour une raison qui lui avait échappé sur le coup, Ichabod avait trouvé cela étrange... jusqu'à ce qu'il repense au récit de Katrina.

Quand mon père nous a amenés ici, ils lui ont fait cadeau d'un acre de terre, d'une chaumière et d'une douzaine de leurs poules pour lui permettre de s'établir.

— Il me semble que les Van Garrett avaient suffisamment de pondeuses pour ne pas en avoir besoin...

Une ombre passa sur le visage du petit garçon. A présent, il comprenait aussi : les œufs n'étaient qu'un prétexte aux fréquentes visites de la veuve.

— A mon avis, Van Garrett était son amant et le père de son enfant, continua Ichabod. Et toi, quelles nouvelles m'apportes-tu ?

Le jeune Masbath fit un signe en direction de la fenêtre.

— J'ai vu quelqu'un s'esquiver hier soir pour se rendre en ville. J'ai essayé de le suivre, mais il m'a semé dans les bois.

Un suspect, enfin. Mais de quel crime ? Quel rapport cela pouvait-il avoir avec le Cavalier Sans Tête ?

— Tu n'as pas vu son visage ?

— Non, seulement sa lanterne, répondit le petit garçon en sortant une chemise propre pour Ichabod.

Dans les bois. En pleine nuit, alors que le Hessois rôde aux abords de son antre. Aucune personne saine d'esprit ne ferait une chose pareille. A moins que...

A moins qu'elle n'ait aucune raison de le craindre.

Oui. Les pièces du puzzle commençaient à s'assembler.

— Le Cavalier Sans Tête tue, déclara Ichabod tout en s'habillant, mais il ne fait qu'obéir aux injonctions d'un mortel.

— Qu'est-ce qui vous fait dire ça ?

— La sorcière... Quand j'ai retrouvé son cadavre, elle gisait dans une mare de sang. La plaie n'était pas cautérisée, expliqua Ichabod.

— Donc, elle n'a pas été tuée par le Hessois, mais par quelqu'un qui a voulu faire croire que c'était lui, déduisit le jeune Masbath.

Ichabod hocha la tête.

— Exactement. L'assassin a réglé une affaire privée avec la sorcière. Le Cavalier... C'est autre chose. Nous savons maintenant ce qui le motive : on a volé sa tête dans sa tombe. C'est pour ça qu'il se manifeste de nouveau par l'intermédiaire de l'Arbre des Morts. Il tranchera les têtes des vivants jusqu'à ce qu'on lui rende la sienne !

— Mais qui est le voleur ?

— Quelqu'un que ces meurtres arrangent.

Un bruit cadencé de marteaux et un nuage de sciure accueillirent Ichabod et le jeune Masbath quand ils entrèrent dans le village. Partout, les hommes clouaient des planches aux fenêtres de leurs maisons. En apercevant l'inspecteur, ils le foudroyèrent du regard et marmonnèrent dans leur barbe.

Une petite foule rassemblée devant l'épicerie chargeait des provisions dans des brouettes qui étaient ensuite poussées jusqu'à l'église.

L'étude du notaire Hardenbrook se dressait non loin de là. Ichabod et le jeune Masbath mirent pied à terre, puis attachèrent leurs chevaux à un poteau.

Ils suivirent du regard les habitants qui franchissaient la grille en fer forgé de l'église. A l'intérieur, quelques hommes érigeaient de grandes croix de bois.

— Un sanctuaire, murmura Ichabod. Du moins l'espèrent-ils.

La voix stridente du révérend Steenwyck domina le brouhaha. Monté sur une caisse devant le fronton de l'église, il tendait un index accusateur vers Ichabod.

— Le voici, le pilleur de tombes, le profanateur ! Par deux fois il a rencontré le Cavalier et survécu ! Comment cela est-il possible, me demanderez-vous ? Parce que le Malin protège les siens !

Une motte de terre vint s'écraser sur l'épaule d'Ichabod, qui empoigna le jeune Masbath et l'entraîna dans le bureau de Hardenbrook.

Le vieil homme leva à peine la tête. La pièce était bourrée à craquer de papiers jaunis, comme si aucun n'avait été déplacé depuis le jour de son installation. Une odeur d'encre, de moisissure et de sueur planait dans l'air.

— Je suppose, monsieur Hardenbrook, que les testaments sont conservés ici et accessibles au public ? lança Ichabod, se préparant à une joute oratoire.

Mais le notaire lui tendit un document d'un air morne.

— Voici ce que vous êtes venu chercher. A présent, fichez le camp ! cria-t-il.

Ichabod fut stupéfait. Hardenbrook avait cédé si facilement ! Pourquoi ?

Il déplia les feuilles de papier et les parcourut du regard. L'en-tête était rédigé en lettres majuscules.

DERNIÈRES VOLONTÉS ET TESTAMENT
DE PETER VAN GARRETT

— Il léguait sa maison et ses terres à son héritier direct, dit Hardenbrook. Autrement dit, à son fils. Comme Dick a été assassiné en même temps que lui...

— La personne suivante dans l'ordre de succession est la plus âgée du côté de la sœur du père de Peter, calcula Ichabod. Autrement dit, Baltus Van Tassel, bien qu'on n'ait pas jugé bon de m'en informer !

Baltus. Ça semblait impossible...

— Puisque vous avez trouvé ce que vous cherchiez, veuillez sortir avant que ces fous ne cassent toutes mes vitres, grommela Hardenbrook.

— Je n'en ai pas encore terminé, dit Ichabod.

Le vieil homme gémit.

— Ce n'est pas la perspective de quelques carreaux brisés qui éveille en vous une telle terreur, Hardenbrook. Il y a autre chose. J'ai vu votre peur, celle de Steenwyck et de Lancaster, le soir où vous vous êtes réunis chez Philipse. Le magistrat a perdu sa tête peu de temps après, et maintenant, vous craignez pour la vôtre.

— Eh bien, oui ! cria Hardenbrook. Mais nous ignorions ce qui se passerait quand nous avons consenti...

— Consenti à quoi ? interrogea Ichabod.

Le notaire se tordit les mains.

— Mon Dieu, ayez pitié de moi, balbutia-t-il. Nous ne voulions pas qu'elle finisse ainsi...

— Que qui finisse ainsi ?

— Mais après son mariage, elle était devenue la suivante dans l'ordre de succession...

— Cessez de parler par énigmes, Hardenbrook !

— Je crois, intervint le jeune Masbath, que Van Garrett avait épousé la veuve Winship en secret.

Bien sûr. Ça expliquerait tout ! Femme du propriétaire terrien, la malheureuse aurait dû hériter de ses biens !

— Et Peter avait rédigé un nouveau testament selon lequel il lui léguait tout, murmura Ichabod. De sorte qu'elle se dressait entre Baltus et l'héritage. Où est cet autre testament ?

Hardenbrook se raidit.

— Je ne peux pas vous aider davantage. Le Cavalier me tuerait !

— Je ne partirai pas avant que vous me l'ayez donné !

Très agité, le vieillard renversa une pile de papiers qui vinrent s'écraser aux pieds d'Ichabod. Puis il lui lança un second document.

— Voilà ! Vous êtes content ? Je suis un homme mort...

Il s'écroula sur son bureau et sanglota.

— Monsieur ? appela le jeune Masbath.

Ichabod parcourut rapidement le testament. A la vue d'une des signatures, son cœur fit un bond dans sa poitrine.

— Petit..., dit-il, je sais pourquoi ton père a été assassiné. La nuit où Peter Van Garrett s'est disputé avec son fils, il l'a appelé pour servir de témoin. Voici sa signature et son arrêt de mort.

Le jeune Masbath prit le document. Ses yeux se remplirent de larmes quand il reconnut l'écriture de son père.

Baissant les yeux, Ichabod aperçut un autre nom familier sur la feuille qui avait atterri près de son pied gauche.

— Le certificat de mariage, souffla-t-il. C'est Steenwyck qui a uni Van Garrett et la veuve Winship !

Toutes les pièces du puzzle étaient en place à présent.

— Le docteur Lancaster a confirmé qu'elle était enceinte. Elle en a parlé au juge Philipse. Vous, Hardenbrook, vous avez dissimulé les documents... et vous avez tous gardé le silence. Pourquoi ? Par crainte du seul homme qui avait tout à gagner : Baltus Van Tassel !

Ils rentrèrent au manoir à bride abattue.

Tandis qu'ils se dirigeaient vers l'escalier conduisant à la chambre d'Ichabod, ils aperçurent une lumière qui filtrait par la porte entrouverte du petit salon.

Baltus était assis devant une table. Il sirotait un verre de cognac en inventoriant le contenu d'un coffret placé devant lui.

Sans s'apercevoir que deux paires d'yeux l'observaient, il prit une poignée de pièces d'argent et les laissa couler entre ses doigts.

Si charmeur. Si secret.

De tous les gens qu'Ichabod avait rencontrés à Sleepy Hollow, Baltus Van Tassel était le dernier qu'il aurait soupçonné, même si ses années d'expérience dans la police de New York lui avaient appris qu'on ne pouvait faire confiance à personne.

Peut-être n'avait-il pas voulu en arriver là parce que Baltus s'était montré bon envers lui... Et parce qu'il était amoureux de sa fille.

— Je pense, chuchota le jeune Masbath alors qu'ils gravissaient l'escalier sur la pointe des pieds, que vous avez commis une erreur de raisonnement.

— Vraiment ? Laquelle ?

— Tous ces meurtres, pour que Baltus Van Tassel puisse hériter de terres supplémentaires ?

— Le profit est un mobile très puissant, dit Ichabod. Tu le saurais si tu avais vécu à New York.

Ils arrivèrent devant la porte de sa chambre, qui était entrouverte. Ichabod jeta un coup d'œil à l'intérieur. Assise devant son bureau, Katrina feuilletait son calepin.

— Katrina ! Que faites-vous ici ?

La jeune fille sursauta et se tourna vers lui.

— Je vous attendais, souffla-t-elle. C'est mal ?

— Non, répondit Ichabod, hésitant.

Pas mal, mais étrange.

— Vous me manquiez. Où étiez-vous passé ?

— Je suis allé chez le notaire. J'avais des questions à lui poser.

— Vous a-t-il appris quelque chose d'intéressant ?

— Peut-être.

Ichabod jeta au jeune Masbath un regard d'avertissement. Ils ne devaient rien dire à Katrina. Pas avant d'avoir des preuves formelles.

— Mon père pense que vous devriez rentrer à New York, déclara tristement la jeune fille.

Pas étonnant. Il sent que nous sommes sur sa piste.

— Ah oui ? Pourquoi donc ? demanda Ichabod, feignant la surprise.

— Je ne sais pas, avoua Katrina. Peut-être qu'il a lu votre calepin et que ce qu'il a vu ne lui a pas plu.

Ichabod fit un pas en avant. Le carnet était ouvert sur une page où il avait dessiné un portrait de Katrina avant d'écrire le nom de la jeune fille un peu partout autour.

S'empourprant, il le referma d'un geste sec.

— Mon père pense que les gens de la ville ne font pas bon ménage avec ceux de la campagne, dit Katrina.

Ichabod ouvrit le tiroir du bureau et y glissa le testament de Van Garrett, ainsi que le certificat de son mariage avec la veuve Winship.

— Qu'avez-vous là ? demanda Katrina, curieuse.

— Des pièces à conviction, répondit Ichabod. Navré, mais je dois vous prier de me laisser.

La jeune fille se leva.

— Comme vous voudrez, dit-elle, blessée. Bonne nuit.

Quand elle fut sortie, Ichabod aperçut un mouvement du coin de l'œil. Une ombre silencieuse filait sur le plancher.

Un rat ne l'aurait pas effrayé, mais c'était quelque chose de bien plus terrible : une araignée. Il poussa un cri étranglé et fit un bond en arrière tandis que la créature disparaissait sous son lit.

Le jeune Masbath lui jeta un regard interloqué.

— Ce n'est qu'une araignée...

— Où est-elle allée ? Où est-elle allée ? Tu la vois ?

L'enfant s'accroupit et regarda sous le lit. Il fronça les sourcils.

— Il y a quelque chose...

— Tue-la ! Tue-la ! supplia Ichabod.

Pour l'amour du Ciel, Crane, reprends tes esprits !

Le jeune Masbath empoigna une extrémité du lit.

— Aidez-moi à le déplacer.

Ichabod s'exécuta ; ils écartèrent le lit du mur.

Sur le sol, un étrange symbole était dessiné à la craie : une étoile à cinq branches entourée d'un cercle.

Un pentagramme.

L'araignée se tenait immobile au centre.

— Regardez ! s'exclama le jeune Masbath. L'Œil du Démon ! Quelqu'un vous a jeté un sort !

Devant les yeux d'Ichabod, la hideuse créature noire se confondit avec le symbole, comme la cage et l'oiseau de son jouet d'enfant.

— L'Œil du Démon, murmura-t-il, très pâle.

Cette nuit-là, il ne put trouver le sommeil.

Des questions tourbillonnaient dans son cerveau enfiévré. Il avait effacé le symbole de son mieux, se disant que ce n'était qu'un stupide dessin.

Tout de même, il était inquiet...

En bas, il entendit la grande horloge sonner les douze coups de minuit. L'heure à laquelle le jeune Masbath avait vu la mystérieuse silhouette s'enfoncer dans les bois, la veille.

Il sursauta quand une lame du parquet craqua au rez-de-chaussée puis il flanqua un coup de pied au petit garçon, qui s'était endormi sur le tapis.

Celui-ci se réveilla en sursaut et tendit la main vers une lanterne.

Ensemble, ils se glissèrent hors de la chambre et descendirent l'escalier sur la pointe des pieds. Un grincement les avertit que quelqu'un venait d'ouvrir la porte et sortait de la maison.

Ils lui emboîtèrent le pas. Arrivés sous le porche, ils distinguèrent une silhouette enveloppée d'une cape qui se dirigeait vers le pont couvert.

Se fiant à sa lanterne, ils demeurèrent à une distance prudente. Mais dès qu'ils furent dans les bois, les arbres masquèrent partiellement la lumière. Pour ne pas trahir leur présence, ils durent se déplacer à tâtons, les bras tendus.

Bientôt, la lanterne disparut de l'autre côté d'une petite crête, et ils entendirent des voix.

— Attends ici, chuchota Ichabod.

Posée sur un rocher, la lanterne éclairait deux personnes : la première était un homme corpulent, la seconde, celle que l'inspecteur et son jeune aide avaient suivie.

Une femme.

Tandis que le couple échangeait un baiser passionné, Ichabod s'avança pour mieux voir.

La capuche tomba en arrière ; alors que la femme levait un visage souriant vers son compagnon, Ichabod reconnut dame Van Tassel.

Quant à son amant, c'était le dernier homme auquel l'inspecteur aurait songé : le révérend Steenwyck.

Pendant qu'il l'embrassait, dame Van Tassel leva un couteau dans son dos.

Ichabod se tendit, prêt à bondir. Mais il se reprit au dernier moment : la femme de Baltus venait seulement de s'entailler profondément la main.

Elle souleva la chemise du révérend et lui macula le dos de sang. Pris de nausée, Ichabod battit en retraite.

— Qu'est-ce qui se passe ? demanda le jeune Masbath.

— Quelque chose que j'aurais souhaité ne jamais voir, répondit Ichabod, l'air sombre.

Son jeune assistant lui lança un regard interloqué, mais n'insista pas. Ils rebroussèrent chemin, faisant attention où ils mettaient les pieds.

Quand ils atteignirent enfin le manoir, Ichabod était épuisé. Les jambes raidies par la fatigue, il monta l'escalier et se dirigea vers sa chambre.

Arrivé sur le seuil, il poussa la porte et se figea.

Le tiroir de son bureau était ouvert. Les documents relatifs à Van Garrett avaient disparu.

CHAPITRE XIV

— Elle ne veut pas vous voir, dit dame Van Tassel, en haussant les épaules.

Ichabod avait veillé toute la nuit. Peu avant l'aube, il avait entendu rentrer la maîtresse des lieux.

Se composant une expression dégagée, il était descendu à la cuisine et avait attendu qu'elle arrive pour préparer le petit déjeuner. Puis il avait poliment demandé à s'entretenir avec Katrina.

Ichabod fit les cent pas en évitant de regarder la main bandée de dame Van Tassel. La scène qu'il avait surprise dans les bois n'avait pas de sens. Que faisait son hôtesse avec le révérend Steenwyck ?

Ichabod s'efforça de chasser cette pensée inopportune. Il devait parler à Katrina. Et surtout, récupérer ses papiers.

— Vous a-t-elle dit quelque chose ?

— Juste qu'elle ne descendrait pas ce matin.

— Je vois. Merci.

Exaspéré, Ichabod se détourna et fit mine de sortir.

— Inspecteur, le rappela dame Van Tassel dans son dos. Vous ne m'avez pas demandé comment je me suis blessée à la main, ce qui aurait été la moindre des politesses. En fait, vous avez même évité de me regarder en face pendant notre conversation.

Elle défit son bandage, révélant une longue plaie recousue à la hâte.

— C'est vrai, pardonnez-moi, balbutia Ichabod. Comment... ?

Dame Van Tassel lui saisit le poignet et l'attira contre elle.

— Je sais que vous m'avez vue, chuchota-t-elle.

— Je vous demande pardon ?

— Je sais que vous m'avez suivie la nuit dernière. Vous devez me promettre de ne rien dire à mon mari. Jurez-le moi !

Ichabod tenta de se dégager, mais elle le tenait fermement.

Il entendit la porte d'entrée claquer et des pas se diriger vers la cuisine.

— Le révérend Steenwyck a un énorme pouvoir sur moi, dit très vite dame Van Tassel.

— Un pouvoir ? répéta Ichabod sans comprendre.

— Il connaît le terrible secret de mon époux. Ce que vous avez vu est le prix de son silence.

— Quel secret ?

A cet instant, la porte s'ouvrit.

— Plus tard, siffla dame Van Tassel en relâchant Ichabod. Plus tard...

Baltus entra dans la pièce et se dirigea vers le buffet où était posée une bouteille d'alcool.

— La ville est en ébullition, révéla-t-il. L'horreur vient de s'ajouter à la tragédie : on a retrouvé Hardenbrook mort. Etranglé, plus exactement.

Dame Van Tassel hoqueta de surprise.

— Ce vieillard inoffensif ?

Hardenbrook, l'homme qui savait. L'homme dont les archives inculpaient Baltus.

Tandis que son hôte se servait un verre, Ichabod étudia la main qui tenait la bouteille : une main de fermier... puissante, facilement capable d'étrangler quelqu'un.

— Il s'est pendu cette nuit, ajouta Baltus. Le révérend Steenwyck appelle tout le village à se rassembler dans l'église ce soir.

Il se tourna vers Ichabod.

— Il parlera contre vous. Si vous avez une once de sagesse, vous filerez d'ici dans la journée. Ses fidèles ont perdu la tête ; ils sont capables de n'importe quoi.

— Je partirai quand j'aurai fini ce que je suis venu faire, répondit Ichabod avec un calme qu'il était loin de ressentir.

Baltus s'assombrit. Dame Van Tassel posa une main réconfortante sur l'épaule de son mari, qui jeta un coup d'œil surpris à son bandage.

— Que t'est-il arrivé ?

— Je me suis coupée avec un couteau de cuisine.

— La plaie a l'air bien vilaine...

— J'ai l'intention d'y appliquer des racines de marante. Je sais où en trouver. M'accompagneras-tu ?

Ichabod se glissa hors de la cuisine, laissant les Van Tassel en tête à tête. Il gravit l'escalier et se dirigea vers la chambre de Katrina.

Si elle ne vient pas à moi, c'est moi qui irai à elle.

Il toqua à la porte mais ne reçut pas de réponse. Alors, il actionna la poignée et entra.

Le courant d'air provoqué par l'ouverture du battant souleva dans la cheminée des cendres qui n'étaient pas grises comme celles du bois, mais noires comme celles du papier.

Ichabod poussa un grognement de dépit. Ses pièces à conviction avaient disparu... et Katrina aussi.

Le jeune Masbath fit irruption dans la pièce, à bout de souffle.

— Je l'ai vue s'en aller à cheval, lâcha-t-il.

Ichabod dévala les marches.

A l'intérieur du vieux moulin, sur une colline, à la limite des terres des Van Tassel, une silhouette enveloppée d'une cape était accroupie près d'un tas de paille en train de se consumer.

De ses mains gantées, elle déplia une feuille de papier qu'elle tint au-dessus des flammes. Quelques mèches de cheveux s'en échappèrent, se recroquevillèrent sous l'effet de la chaleur et disparurent aussitôt.

D'un sac de toile, la silhouette sortit un gros crâne humain qu'elle posa soigneusement au milieu du brasier.

A la lueur dansante des flammes, la bouche semblait grimacer, révélant des dents taillées en pointe.

Ichabod courait dans les bois. Il commençait à bien s'y repérer et n'eut pas de mal à atteindre l'endroit où il espérait trouver Katrina.

Il ne s'était pas trompé. La jeune fille s'était bien réfugiée dans la chaumière abandonnée. Accroupie près des ruines de la cheminée, elle psalmodiait au-dessus d'un petit feu en marmonnant des incantations. Son cheval broutait paisiblement quelques mètres plus loin.

— Katrina ! appela Ichabod.

Elle se releva et lui fit face. Ses traits étaient tirés, ses yeux rougis, ses joues maculées de larmes.

— Pourquoi avez-vous brûlé mes documents ? demanda Ichabod.

— Pour que vous ne puissiez pas vous en servir contre mon père.

— Je ne l'accuse pas encore. Mais s'il était coupable, mon devoir serait de le traduire en justice. Aucun de vos sorts n'y pourrait rien changer.

— Si vous connaissiez mon père, vous ne le croiriez pas capable d'une chose pareille. Et si vous m'aimiez vraiment...

Ces paroles blessèrent Ichabod. Il aurait voulu consoler Katrina, mais que pouvait-il lui dire ? Comment atténuer le chagrin qu'elle éprouvait en découvrant que son père s'était laissé corrompre par la cupidité ?

— Je suis lié par une chaîne logique, tenta d'expliquer Ichabod. S'il n'était pas coupable, pourquoi ses quatre amis se seraient-ils donné tant de mal pour le protéger ?

— C'est vous l'inspecteur, pas moi ! Trouvez une autre chaîne logique et fichez-moi la paix !

— C'est impossible, même si cela me fait mal au cœur.

— Vous n'avez pas de cœur ! cracha Katrina. Quand je pense que j'ai failli vous donner le mien !

Furieuse, elle se dirigea vers son cheval et sauta en selle. L'animal se cabra et ses sabots giflèrent l'air devant Ichabod.

— Il fallait que vous m'aimiez pour me suivre dans la forêt ce jour-là ! Et pour braver un tel danger ! cria l'inspecteur.

— Quel danger ai-je couru, si c'était mon propre père qui contrôlait le Cavalier Sans Tête ? répliqua Katrina. Adieu, Ichabod Crane. Je maudis le jour où vous êtes venu à Sleepy Hollow.

Elle s'éloigna au galop.

Au crépuscule, le son grave et régulier des cloches de l'église se propagea dans le village et dans les champs où Baltus attendait avec sa monture. Dans les fourrés, il distinguait la silhouette de sa femme.

Au moins l'avait-il retrouvée. Un instant, il l'avait perdue de vue ; croyant qu'elle s'était trop éloignée, son cœur avait fait un bond dans sa poitrine.

Tout de même, elle en mettait du temps !

— Dépêche-toi ! cria Baltus. C'est déjà l'heure du rassemblement.

Que diable faisait-elle ? Etait-elle en train de ramasser les pétales de marante un à un ? Il jeta un regard vers le village, évaluant le temps qu'il leur faudrait pour l'atteindre.

Puis il regarda sa femme et pâlit.

Le Cavalier Sans Tête venait d'émerger des bois. L'épée au clair, il se dirigeait vers dame Van Tassel.

Tapi dans une encoignure de la place du village, Ichabod portait une cape et un chapeau à larges bords pour éviter d'être reconnu par la foule en colère.

Le révérend Steenwyck avait embrigadé ses ouailles, qui le rendaient sûrement responsable de tous leurs malheurs. Si les habitants de Sleepy Hollow découvraient son identité, il craignait de ne pas échapper au goudron et aux plumes... dans le meilleur des cas.

Quand il vit Katrina se diriger vers l'église en compagnie des autres, il lui emboîta le pas à distance.

Un bruit de galop lui fit tourner la tête vers les champs.

Baltus arrivait à fond de train, une expression terrifiée sur le visage. Il manqua vider les étriers.

— Le Cavalier ! Sauvez-moi !

— Papa ? appela Katrina, inquiète.

Baltus sauta à terre et se précipita vers elle.

— Il l'a tuée, sanglota-t-il en étreignant sa fille. Le Cavalier a tué ta belle-mère !

La panique semblait lui avoir fait perdre la raison.

Ce n'est pas le comportement d'un homme qui se compromet avec des esprits.

Le hennissement d'un étalon résonna au loin, accompagné par un martèlement de sabots. Tous les habitants se figèrent.

Tandis que le Cavalier Sans Tête et sa monture démoniaque sortaient des bois, le chaos envahit le village.

Les gens qui étaient encore dans les rues s'élancèrent à toutes jambes vers l'église, se bousculant pour être les premiers à franchir la grille de fer forgé.

Les hommes qui travaillaient encore à dresser des croix abandonnèrent leur besogne et se précipitèrent dans l'église.

Baltus et sa fille imitèrent les autres villageois. Pourtant, songea Ichabod, il était ridicule de croire qu'ils seraient en sécurité dans un lieu saint. En revanche, ils avaient raison de se regrouper. Et puisque sa théorie venait de s'effondrer, l'inspecteur se dit qu'il ferait mieux de les suivre.

Il courut vers l'église, le jeune Masbath sur les talons.

— Je sais à quoi tu penses ! lui cria-t-il par-dessus son épaule.

— On dirait que Baltus Van Tassel n'est pas le coupable, dit le petit garçon.

Ils furent les derniers à franchir le seuil de l'église, dont la porte se referma sur une scène de panique totale.

Les femmes poussaient leurs enfants devant elle pour les faire descendre dans la cave. Les hommes saisissaient leurs fusils, grimpaient sur les bancs et visaient par les ouvertures ménagées entre les planches qui barricadaient les fenêtres.

Ichabod se précipita vers l'une d'elles pour regarder dehors.

Arrivé devant le portail de l'église, Daredevil se cabra et renâcla. Il refusait d'entrer.

Le Hessois tira sur ses rênes pour le forcer à avancer. Sans succès. Alors, il arma son bras et lança sa hache par-dessus la grille de fer forgée.

Son arme se désintégra. Un nuage de poussière retomba doucement sur le sol.

Un sanctuaire...

Ça avait marché. Ichabod était stupéfié.

Il vit Katrina traverser l'église. Au passage, elle lui jeta un regard accusateur. Puis elle se jeta sur l'autel et versa un torrent de larmes.

Ichabod fit un pas vers elle, mais il sursauta en entendant la détonation d'un mousquet.

Les hommes tiraient sur le Cavalier Sans Tête, qui décrivait des cercles autour de la grille. Le jeune Masbath empoigna un fusil et se joignit à eux.

Par la fenêtre, Ichabod vit des balles s'enfoncer dans la chair du Hessois et de sa monture. Sans en avoir l'air incommodé, ils se détournèrent et battirent en retraite vers la place du village.

Quand Ichabod se retourna, Katrina avait disparu dans la foule. En la cherchant du regard, il aperçut le révérend Steenwyck qui courait vers la porte de la cave, devant laquelle se tenait Baltus Van Tassel.

Steenwyck le saisit par le col.

— Vous allez tous nous faire tuer ! rugit-il. C'est vous que le Cavalier veut ! Pourquoi devrions-nous mourir à votre place ? Sortez de mon église !

D'autres villageois se joignirent à lui pour tirer Baltus dehors.

Jouant des coudes, Ichabod se fraya un chemin vers eux.

— Arrêtez ! Le Cavalier ne peut pas entrer ici ! Peu importe qui il veut : il est incapable de franchir la grille.

— Il revient ! annonça un homme posté près d'une fenêtre. Et il a un rouleau de corde !

Steenwyck pointa un doigt grassouillet vers Baltus.

— Nous devons penser à la sécurité du plus grand nombre !

— Non ! Lâchez-moi !

Désespéré, Baltus s'empara du pistolet d'Ichabod. Les villageois qui le tenaient reculèrent en hâte.

— Bas les pattes ! La prochaine personne qui me touchera recevra une balle !

Le docteur Lancaster apparut et vint se planter devant Steenwyck.

— Trop de gens sont déjà morts, dit-il. Il est temps de confesser nos péchés et d'implorer Dieu de nous pardonner.

— Ne faites pas l'imbécile, cracha Steenwyck. Je vous préviens...

— Que savez-vous, Lancaster ? demanda Baltus.

Sans attendre la réponse du docteur, Steenwyck se précipita vers l'autel et disparut dans la foule.

— Vos quatre amis vous ont roulé dans la farine, révéla Lancaster. Nous étions possédés par...

Steenwyck réapparut derrière lui et, sans crier gare, lui abattit un lourd crucifix sur le crâne. Le docteur s'effondra.

Aussitôt, Baltus pointa son arme vers le révérend.

Non, songea Ichabod, fébrile. *Tout arrive trop vite.*

Dans le brouhaha, peu de gens entendirent le coup de feu. Et aucun ne tendit la main pour aider Steenwyck, qui porta une main à son ventre avant de s'écrouler à son tour.

Ichabod regardait la scène, impuissant. Tout se désintégrait autour de lui : les règles, la morale, la logique...

Il s'élança vers Katrina qui se tenait immobile près de l'autel, hébétée par le massacre auquel elle venait d'assister.

— Une conspiration me visait, cria Baltus, et j'entends bien découvrir de quoi il retourne !

Avec un craquement qui couvrit les autres sons, un barreau de fer forgé arraché à la grille fit exploser une fenêtre.

Le barreau traversa la pièce sur sa lancée, traînant une longue corde à sa suite. Sa trajectoire était sûre et précise, sa vitesse telle que personne n'eut le temps de réagir.

Il s'arrêta quand il eut atteint sa cible... Baltus Van Tassel.

Le père de Katrina tituba quand la pointe du barreau jaillit de sa poitrine. Ses yeux écarquillés, sur lesquels un voile s'abattait déjà, balayèrent la pièce comme pour implorer de l'aide.

Puis il tomba à genoux, le corps maintenu dans une position grotesque par la lance qui y était fichée.

Ichabod se pétrifia.

Il s'aperçut vaguement que les autres habitants se réfugiaient dans les coins de l'église, entendit leurs cris, sentit Katrina s'évanouir dans ses bras. Mais toute la scène lui semblait enveloppée d'un brouillard onirique.

Baltus était le dernier maillon de la chaîne. Ici, il avait trouvé un sanctuaire. Pourtant, le Cavalier avait tout de même réussi à l'avoir. Son adresse de tueur n'avait pas de limites.

Ichabod posa doucement Katrina à terre. Il devait concentrer ses efforts sur elle, à présent, la protéger du Hessois et de ses concitoyens : dans la panique, elle risquait fort de se faire piétiner.

Tandis qu'il la saisissait sous les aisselles pour la tirer à l'abri, il remarqua un ruban noué autour de son cou, et un pendentif qui se balançait au bout.

Le talisman de la sorcière !

Le cœur d'Ichabod fit un bond dans sa poitrine. Comment Katrina était-elle entrée en possession de cet objet ? Quel rapport avait-elle avec la vieille femme ? Quelqu'un avait dû le lui donner dans l'église...

Quoi qu'il en soit, il devait la mettre en sécurité. Tandis qu'il la traînait vers un mur, il remarqua un symbole familier tracé hâtivement à la craie sur les pierres de l'autel : un pentagramme identique à celui qu'il avait découvert sous son lit.

— L'Œil du Démon, murmura-t-il.

La personne qui l'avait dessiné ne devait pas être loin. Peut-être était-ce la même qui avait remis le talisman à Katrina... Pour marquer la prochaine cible du Hessois ?

Tandis qu'Ichabod adossait la jeune fille au mur, un petit objet s'échappa de sa main et alla rouler sur le sol. Il le suivit du regard avec une incrédulité croissante.

Un bâton de craie.

— Oh, mon Dieu, murmura-t-il. C'était toi...

Il observa le visage immobile et serein de la seule femme qu'il ait jamais aimée.

Katrina avait invoqué le Cavalier Sans Tête ? Ça semblait inconcevable. Ça ne pouvait pas être vrai. Il devait exister une autre explication.

Non. Rien n'est logique. Tout est possible. Tu ne peux faire confiance à personne.

Ichabod s'effondra sur le sol, le chagrin effaçant tout autour de lui.

Des cris terrifiés résonnèrent dans l'église.

La corde attachée au barreau venait de se tendre. Le cadavre de Baltus vola à travers la pièce comme un poisson accroché à la ligne d'un pêcheur. Avec un craquement sonore, il pulvérisa une fenêtre.

Ichabod s'accroupit et jeta un coup d'œil par l'ouverture béante. Daredevil s'enfuyait au galop. L'autre extrémité de la corde, liée au pommeau de sa selle, entraînait le corps de Baltus dans son sillage.

Avec un bruit sourd, le cadavre alla s'écraser contre la grille de l'église ; sa tête se coinça entre deux barreaux.

Ichabod frémit.

Son propre père, victime du Cavalier Sans Tête... l'esprit qu'elle a invoqué.

Le savait-elle ? Comment a-t-elle pu ordonner une chose pareille ?

Comment ?

— Oh, Katrina, gémit Ichabod en la serrant contre lui. Oh, mon Dieu, pardonnez-lui !

Le Hessois fit demi-tour et revint vers la grille.

D'un geste sûr, il trancha la tête de Baltus Van Tassel.

CHAPITRE XV

Le visage de Katrina avait perdu toute couleur, se confondant presque avec la blancheur immaculée des draps.

Assis à son chevet, Ichabod tentait de comprendre ce qui s'était passé et de déterminer ce qu'il devait faire.

Comment pouvait-il accomplir sa mission ? Comment expliquerait-il ce qu'il avait vu ? Qui croirait Katrina capable d'actions aussi viles ? D'une telle cupidité ? Et en supposant qu'un tribunal reconnaisse la vérité, qu'adviendrait-il d'elle ?

Tout était fini à présent. Baltus et sa femme disparus, il ne restait plus personne avant Katrina dans l'ordre de succession des Van Garrett. Plus de victime à tuer.

Je ne peux pas... Je ne peux pas en parler.

Tendrement, Ichabod effleura le visage de la jeune fille. Il savait qu'il la touchait pour la dernière fois, et pourtant, il avait encore tant de choses à lui dire !

Dans son esprit, le regret et la tristesse se mêlaient à la stupéfaction. Mais il commençait à comprendre pourquoi Katrina avait agi ainsi. Autrefois, il aurait refusé cette explication ; faute de mieux, il était maintenant prêt à l'accepter.

Se penchant vers la jeune fille, il lui chuchota à l'oreille :

— Un esprit maléfique t'a possédée. Je prie Dieu pour qu'il soit satisfait et qu'il te laisse en paix désormais. Au revoir, Katrina. L'Œil du Démon a accompli son œuvre. Ma vie est terminée : des cauchemars hanteront mon sommeil toutes les nuits, et le chagrin marchera à mes côtés chaque jour.

Le visage de la jeune fille resta calme et figé quand il sortit de la pièce.

Le temps de boucler ses bagages, et il appellerait une voiture.

Ichabod quitta le manoir à l'aube. A contrecœur, le jeune Masbath l'aida à porter ses valises dehors. Il boudait, dépité que l'inspecteur s'en aille. Mais la décision d'Ichabod était prise.

Au bord de la pelouse, il constitua un petit cercle de pierres et y posa des brindilles pour allumer un feu où il jeta son calepin.

Immobile, il regarda les flammes dévorer des années d'observations, de déductions et de connaissances. La logique et la raison l'avaient trahi à Sleepy Hollow. Il n'avait plus foi en elles.

Plongeant la main dans sa sacoche, il en sortit le petit volume relié de cuir que lui avait offert Katrina : *Un Recueil de Sortilèges, de Charmes et d'Echanges avec le Monde des Esprits.*

Je lui ai dit que je n'en avais pas l'usage. Pourtant, si je l'avais parcouru, j'aurais peut-être pu mettre un terme à ce massacre...

Derrière lui, la voiture s'arrêta devant l'entrée du manoir. Gunpowder faisait partie des trois chevaux qui y étaient attelés ; Ichabod lui adressa un sourire triste.

Il remit l'ouvrage dans sa sacoche. Le visage du conducteur ne lui était pas inconnu : il s'appelait Van Ripper, et avait été un ami de Killian. Ensemble, les deux hommes chargèrent les bagages d'Ichabod dans la voiture.

Le jeune Masbath les observa sans daigner leur prêter main-forte.

— Qui cherchera la vérité après votre départ ? lâcha-t-il soudain.

— Il n'y a plus de vérité à découvrir, dit amèrement Ichabod. C'est pourquoi je veux partir et oublier ce lieu maudit.

— Vous pensez que c'est Katrina, n'est-ce pas ?

— Ne redis plus jamais ça ! Plus jamais !

Le jeune Masbath fixa Ichabod. Au lieu de répondre à sa question, l'inspecteur venait de l'éluder. De plus, il lui avait donné un ordre. Les deux choses ne plaisaient guère à l'enfant.

— Drôle de sorcière, cracha-t-il, méprisant, avec son cœur bon et généreux ! Comment pouvez-vous croire une chose pareille ?

— J'écoute ma raison.

— Dans ce cas, vous êtes ensorcelé... par votre raison.

Le jeune Masbath était sensible et bourré de principes. Deux qualités admirables. Mais en grandissant, il découvrirait que les sentiments cèdent parfois devant la logique et que certaines blessures doivent rester secrètes à jamais.

— Je suis *piétiné* par ma raison, souffla Ichabod sur un ton las. Nous vivons dans un monde impitoyable, jeune Masbath, tu t'en apercevras bien assez tôt. La vilenie porte de nombreux masques, mais aucun aussi dangereux que celui de la vertu. Adieu.

Malgré les larmes qui perlaient à ses paupières, l'enfant lui jeta un regard de défi. Ichabod comprit qu'il avait perdu son respect, mais qu'importait ? Un jour, le jeune Masbath comprendrait.

Il monta dans la voiture.

Tandis que Van Ripper prenait place sur le siège du conducteur, Ichabod jeta un dernier regard au manoir des Van Tassel. Une seule fenêtre était éclairée : celle de la chambre de Katrina, au premier étage. Il détourna les yeux, s'efforçant déjà d'oublier.

La voiture s'ébranla. Alors qu'elle s'engageait sur la route, Ichabod sentit son cœur se serrer. Une douleur aiguë comme un coup de poignard naquit dans ses entrailles et remonta vers sa tête. Ses yeux s'embuèrent. Se mordant les lèvres, il flanqua un coup de poing dans la portière.

Tout à son désespoir, il ne vit pas le visage de Katrina pressé contre la fenêtre, ni les larmes qui maculaient ses joues.

Ichabod lutta pour se redonner une contenance. Il refoula ses émotions tandis que la voiture franchissait le pont couvert et traversait la place du village. Les carreaux de l'église n'avaient pas été remplacés, et un barreau manquait toujours à la grille de fer forgé.

Dès que les réparations seraient effectuées, les habitants de Sleepy Hollow recommenceraient à prospérer. Au fil du temps, la tragédie qu'ils avaient vécue entrerait dans la légende. Un jour, peut-être, Ichabod passerait par ici au cours d'un de ses voyages, et plus personne ne se souviendrait de son visage.

Près du cabinet du docteur Lancaster, un cheval marchait au pas, tirant une carriole derrière lui. Un employé des pompes funèbres cheminait à côté, la tête baissée et l'air sinistre comme il convenait aux gens de sa profession.

Tandis que sa voiture longeait la carriole, Ichabod ne put s'empêcher de jeter un coup d'œil à l'intérieur.

Il reconnut immédiatement le cadavre : sa tête avait disparu, mais une plaie marquait une de ses paumes.

Dame Van Tassel.

Ichabod sentit sa gorge se nouer. C'était une femme insaisissable mais bienveillante. Au moins Baltus n'avait-il pas eu le chagrin d'assister à ses funérailles.

La voiture d'Ichabod quitta le périmètre du village, abandonnant derrière elle ce pénible — mais dernier — souvenir de la tragédie qui s'y était déroulée. L'inspecteur tenta de se concentrer sur le gazouillis matinal des oiseaux.

Soudain, un bruit de sabots le fit se retourner. Un cheval approchait au galop, monté par une silhouette qu'il ne tarda pas à reconnaître.

Katrina.

Alors que l'espoir renaissait dans le cœur d'Ichabod, il comprit que ce sentiment était vain.

Quand elle dépassa la carriole des pompes funèbres, Katrina ralentit pour jeter un coup d'œil à l'intérieur.

Ichabod se détourna. Il avait déjà assez souffert. Il ne voulait pas lire le chagrin sur le visage de la seule femme qu'il eût jamais aimée.

Pourtant, il attendit que le bruit de galop retentisse de nouveau, indiquant que Katrina se lançait à sa poursuite.

Une partie de lui-même l'espérait follement.

En vain.

Les chevaux de Van Ripper étaient lents et Ichabod trouva le trajet encore plus pénible qu'à son arrivée de New York. Entre deux secousses provoquées par les ornières, il réussit à s'assoupir, mais ne rêva que de Katrina.

Quand l'après-midi arriva, il était agité et assoiffé. Il plongea la main dans sa sacoche pour y prendre une bouteille d'eau.

Au passage, ses doigts effleurèrent le livre offert par Katrina. Alors qu'il s'en saisissait et le posait sur ses genoux, il crut humer un parfum de chèvrefeuille.

Il feuilleta l'ouvrage d'un air absent, jusqu'à ce qu'un dessin attire son regard : celui du pentagramme que Katrina avait tracé par deux fois au cours des jours précédents.

L'Œil du Démon.

A moins que...

« Pour protéger un être aimé des esprits maléfiques », disait la légende.

Pour protéger un être aimé...

Ichabod faillit laisser tomber le livre. Profondément choqué, il relut les mots qui semblaient se moquer de lui.

Le pentagramme n'était pas une malédiction, mais une bénédiction. Toutes ses déductions sur l'affaire du

Cavalier Sans Tête — donc à propos de Katrina — tombaient soudain à l'eau.

Elle essayait de m'aider en dessinant ce symbole sous mon lit. Elle essayait de se sauver en le dessinant dans l'église.

Katrina ne peut pas avoir invoqué le Cavalier Sans Tête. Comment ai-je pu me montrer aussi stupide ?

— Dans ce cas, qui était-ce ? marmonna Ichabod.

Le Hessois courait encore ; le massacre risquait de continuer. La ville était toujours en danger... et Katrina aussi.

Ichabod examina le livre à la recherche d'autres indications. Ses mains feuilletèrent les pages tandis que des images se bousculaient dans sa tête : les événements bizarres, les décapitations, les enchantements, le sang et la cautérisation, les questions sans réponse...

Mes mains... Si j'ai pu percer leur mystère, je suis capable de résoudre cette affaire.

Du maelström qui tourbillonnait dans son esprit sortit soudain une évidence.

Ichabod sursauta. Il comprenait, à présent. Le meurtrier ne pouvait être qu'une seule personne : une personne au-dessus de tout soupçon.

Il referma le livre. Jamais il n'aurait pensé qu'il lui soit aussi utile.

« Gardez-le contre votre cœur », lui avait recommandé Katrina.

Ichabod avait besoin de toute l'aide, même magique, qui lui était offerte. Il glissa l'ouvrage dans sa poche de poitrine.

— Van Ripper, faites demi-tour, ordonna-t-il. Ramenez-moi chez le docteur Lancaster !

Le voyage de retour lui sembla durer une éternité.

Quand la voiture entra de nouveau dans Sleepy Hollow, le soleil s'était couché. Ichabod saisit sa sacoche, s'élança vers l'allée et tambourina à la porte.

Mme Lancaster vint lui ouvrir, munie d'une lanterne. Ichabod la lui arracha et se glissa à l'intérieur.

— Pardonnez mon intrusion...

Deux cercueils gisaient sur le sol du cabinet. Ichabod souleva le couvercle du premier, révélant le corps décapité de Baltus.

Pas le bon.

Il ouvrit le second. Le cadavre de dame Van Tassel reposait paisiblement, les bras croisés sur la poitrine. Ichabod souleva sa main et examina la plaie, tirant sur les agrafes pour confirmer ses soupçons.

Oui. J'avais vu juste...

— Pas de sang, pas de coagulation, pas de cicatrice, marmonna-t-il. Cette femme était déjà morte quand on lui a coupé la main !

Sans un mot pour Mme Lancaster, il empoigna sa sacoche et s'en fut en courant.

Au manoir des Van Tassel, Katrina était assise dans le salon devant un feu mourant. Elle avait passé toute la journée dans ce fauteuil depuis qu'elle avait vu le cadavre de sa belle-mère.

Les yeux fermés dans la pénombre, elle ne fit pas un geste pour remettre du bois dans la cheminée ou allumer une chandelle. Se remémorant les événements des dernières semaines, elle s'efforçait en vain de leur trouver un sens.

Son père avait disparu, comme sa belle-mère et Ichabod. En une journée, elle avait perdu tout l'amour qui animait sa vie.

Ichabod avait peut-être raison : la magie ne servait pas à grand-chose.

Le craquement d'une latte de plancher la sortit de sa torpeur.

— Qui est là ? demanda-t-elle, les sourcils froncés.

Dans la pâle lueur des braises, une silhouette que Katrina connaissait bien se découpa sur le seuil de la pièce. Une silhouette qu'elle avait vue chaque jour les trois années passées, mais qu'elle s'était attendue à ne plus jamais revoir.

C'est impossible !

Elle bondit sur ses pieds. Sa bouche s'ouvrit, mais aucun son n'en sortit.

Dame Van Tassel éclata de rire.

— Ma chère belle-fille, on dirait que tu as vu un fantôme !

CHAPITRE XVI

Elle est morte.

J'ai vu son cadavre.

Elle ne pouvait pas se tenir devant moi.

C'était un rêve.

Katrina bougea, mais elle aurait juré qu'elle dormait encore. Elle devait dormir, parce qu'elle était dans un endroit étrange, inconnu et glacial.

Le décor familier du salon avait cédé la place à une pièce sombre battue de courants d'air. Contre les murs de planches, une lumière morne projetait des ombres qui dansaient paresseusement entre les sacs de grain et le matériel rouillé.

Le moulin. Ça ne pouvait être que le moulin.

Les yeux de Katrina repérèrent la source de la lumière : une lanterne posée sur le sol de ciment. Dame Van Tassel était accroupie non loin de là, devant une pile de débris surmontée par un cœur d'oiseau transpercé d'un clou.

C'était un rêve très bizarre. Dans la réalité, sa belle-mère ne connaissait rien aux brasiers d'invocation des morts — contrairement à Katrina et à tous ceux qui étudiaient la magie

Marmonnant tout bas, dame Van Tassel jeta une boucle de cheveux sur la pile. Puis elle utilisa la mèche de sa lanterne pour y mettre le feu.

Lentement, elle saisit un objet rond dans le sac pendu à son épaule : un crâne. Elle le tint à bout de bras et incanta.

— Relève-toi, mon ténébreux vengeur, relève-toi ! Viens à moi pour une autre nuit de massacre ! Empoigne ton épée, et ta maîtresse t'accordera l'intégrité ! Une tête contre une tête, mon cavalier maudit ! Relève-toi des entrailles de la terre, quitte l'Arbre des Morts et viens chercher Katrina !

Un éclair déchira le ciel.

Non !

Katrina se redressa brusquement. Elle passa une main dans ses cheveux, et trouva aussitôt l'endroit où une mèche avait été cisaillée.

Elle n'était pas en train de rêver. Sa belle-mère vivait.

— Tu te réveilles enfin, dit dame Van Tassel. Dommage pour toi. Il aurait mieux valu que tu restes inconsciente jusqu'à la fin.

Katrina lui jeta un regard incrédule.

— Mon père a vu le Cavalier vous tuer !

— Il a vu le Cavalier se diriger vers moi en brandissant son épée. Mais c'est moi qui le dirige, et Baltus n'est pas resté assez longtemps pour s'en apercevoir...

— Je... j'ai vu votre cadavre devant la maison du docteur ! balbutia la jeune fille.

Sa belle-mère éclata de rire.

— C'était celui de la servante, Sarah. Une bonne à rien qui a quand même fini par me servir à quelque chose. Demain, j'émergerai des bois en racontant que j'ai surpris Baltus occupé à commettre le péché de chair avec cette fille. Sous mon regard horrifié, le Cavalier leur a fondu dessus et a décapité Sarah. Alors, je me suis évanouie, et je ne me souviens de rien...

Ce n'était pas la femme que Katrina avait connue pendant des années, partageant une maison, une famille, de l'amour et de la confiance.

Ce n'était pas un être humain du tout.

— Qui êtes-vous ?

Dame Van Tassel fixa Katrina dans les yeux.

— Mon nom de famille était Archer.

La jeune fille fronça les sourcils, comme si elle tentait de se souvenir de quelque chose.

L'archer. Le dessin au fond de l'âtre, dans notre ancienne chaumière.

— Autrefois, je vivais avec mes parents et ma sœur dans une maisonnette de garde-chasse, non loin d'ici, continua dame Van Tassel.

Une ombre passa dans son regard.

— Puis mon père mourut, et malgré nos années de bons et loyaux services, le propriétaire nous expulsa. Dans cette ville de grenouilles de bénitier, personne ne voulut nous recueillir parce que ma mère était soupçonnée de sorcellerie. Pourtant, elle ne pratiquait pas la magie. Mais elle savait voir au-delà des apparences, et elle nous enseigna comment faire de même tandis que nous nous terrions dans la forêt.

« Un an plus tard, elle mourut à son tour. Ma sœur et moi demeurâmes dans notre refuge sans jamais rencontrer âme qui vive... Jusqu'au jour où, pendant que nous ramassions du bois, notre chemin croisa celui du Hessois.

« Il fuyait les soldats de la Révolution, cherchant un endroit pour lancer sa contre-attaque. Ma sœur s'est enfuie, mais je suis restée. Le Hessois posa un doigt sur ses lèvres pour m'intimer le silence. Je n'avais pas peur. Je saisis une branche morte et la cassai en deux. Le bruit résonna dans les bois comme une détonation, attirant les soldats vers nous.

Katrina se souvenait de la légende. Les gens du village avaient toujours cru que le Hessois avait marché sur une branche, trahissant sa présence à l'ennemi.

— Je le vis mourir, reprit dame Van Tassel. Plus tard, dissimulée dans la forêt, j'assistai à sa mise en terre. Alors, je promis mon âme à Satan s'il m'aidait à faire revenir le Hessois d'entre les morts pour me venger.

— Vous venger ? répéta Katrina sans comprendre.

— Des Van Garrett qui nous avait expulsées, puis de Baltus Van Tassel et de sa famille qui nous avaient volé notre maison, gronda sa belle-mère.

La jeune fille en resta sans voix.

Comment peut-elle nous accuser de l'avoir volée ? Peter Van Garrett avait engagé mon père comme garde-chasse. Nous ignorions tout des Archer !

— Je me suis jurée de devenir propriétaire de tous leurs biens. (Dame Van Tassel éclata d'un rire aigu.) La première étape fut la plus facile : elle consista à pénétrer dans votre maison sous prétexte de soigner ta mère, à la pousser dans la tombe et à me glisser dans le lit de Baltus.

Katrina lâcha un gémissement. Cette femme était monstrueuse.

— Puis les choses se compliquèrent un peu. Mais je pus jouer sur les désirs charnels du révérend Steenwyck pour l'attirer dans mes filets et sur la peur du notaire Hardenbrook pour m'assurer son silence. Philipse accepta de coopérer en échange d'une part des bénéfices, et j'ai acheté la coopération du docteur contre mon silence sur ses adultères.

Une ombre entra dans le cercle de lumière et se dirigea lentement vers dame Van Tassel. Katrina l'aperçut du coin de l'œil, mais son instinct lui souffla de ne pas trahir sa présence.

C'était le jeune Masbath, un énorme maillet de bois entre les mains.

— Et maintenant, dit Katrina pour gagner du temps, tout vous appartient.

— Pour le moment, c'est à toi que tout appartient, corrigea dame Van Tassel. Mais après ta mort, les biens de ton père me reviendront.

Elle tendit la main et arracha le talisman pendu au cou de Katrina.

— Cette babiole dont je t'ai si gentiment fait cadeau a accompli son œuvre. Pendant que j'y pense, ma sœur est décédée la semaine dernière.

La sorcière de la forêt. C'était à elle que le talisman appartenait.

Katrina fixa son attention sur dame Van Tassel, se forçant à ignorer le jeune Masbath.

— Vous avez tué l'ermite ! Votre propre sœur !

L'enfant s'approcha, prêt à frapper.

— Elle l'avait bien cherché... (Dame Van Tassel se retourna soudain.) ... En vous aidant, toi et ton maître ! glapit-elle.

Le jeune Masbath poussa un cri de terreur et lâcha son maillet.

— Tu arrives à temps pour te faire décapiter, le félicita dame Van Tassel.

Un grondement fit trembler le sol. Katrina et le jeune Masbath se jetèrent dans les bras l'un de l'autre tandis que dame Van Tassel levait les yeux au ciel.

— Le Cavalier arrive. Ce soir, ma chère Katrina, c'est toi qu'il est venu chercher.

Tendant la main vers le brasier, elle saisit le crâne du Hessois et poussa un cri presque animal. En réponse, le hennissement d'un cheval résonna dans le lointain.

Katrina paniqua.

Il était en route, et elle ne pouvait plus lui échapper.

Si. Tu peux encore t'enfuir et le distancer.

Bondissant sur ses pieds, elle s'élança hors du moulin, le jeune Masbath sur les talons.

— Cours autant que tu veux ! cria dame Van Tassel derrière elle. Ça ne te servira à rien !

Devant le manoir des Van Tassel, Ichabod sauta de la voiture. Il avait conduit les chevaux lui-même, abandonnant Van Ripper, qui lambinait trop à son goût.

— Katrina ! cria-t-il en s'élançant vers le porche.

La maison était plongée dans l'obscurité ; seul un coup de tonnerre lui répondit.

Ichabod se retourna. Au loin, l'éclair illumina le vieux moulin perché sur la colline. A l'intérieur brillait une lanterne.

A cette heure-ci et pendant un orage ?

Quelqu'un était là-bas ; Ichabod croyait savoir qui.

Il revint en courant vers la voiture et fit claquer les rênes. Tandis que les chevaux traversaient le champ au trot, le vent se leva, menaçant de l'éjecter de son siège.

La tempête qui accompagne le Cavalier Sans Tête.

Il se cramponna aux rênes pendant que les chevaux gravissaient le flanc de la colline.

Deux silhouettes venaient de jaillir hors du moulin et couraient dans sa direction. Quand il les reconnut, le cœur d'Ichabod fit un bond dans sa poitrine.

C'étaient Katrina et le jeune Masbath — vivants.

Arrivé au sommet, Ichabod fit arrêter les chevaux. Il saisit une lanterne et sauta à terre, puis se précipita vers les fugitifs. Tous deux haletaient et frissonnaient de terreur.

Quant à Ichabod, il ne pouvait que répéter :

— Merci, mon Dieu, merci mon Dieu !

Son soulagement tourna court quand un rire monta du moulin. Ça ne ressemblait à rien qu'il ait déjà entendu. On eût dit la voix de la Mort en personne.

Un étalon blanc émergea de l'ouverture ; dame Van Tassel était juchée sur son dos. Au même moment, un martèlement annonça l'approche de Daredevil et du Cavalier Sans Tête.

— Vous êtes revenu pour l'arrêter ? ricana dame Van Tassel.

Ichabod jeta un coup d'œil en arrière.

Le Hessois se rapprochait. Il gravissait déjà le flanc de la colline. Dans quelques secondes, il serait sur eux. Tenter de s'échapper ne servirait à rien. Mais rester équivaudrait à un suicide.

Ichabod poussa Katrina et le jeune Masbath vers le moulin.

— A l'intérieur, vite ! cria-t-il.

Dame Van Tassel leva le crâne et fit face au Cavalier.

— Attention à votre tête, inspecteur ! cria-t-elle d'une voix perçante.

L'entrée du moulin était une trappe qui donnait sur une échelle. Le jeune Masbath y monta le premier, suivi par Katrina.

Ichabod risqua un coup d'œil par-dessus son épaule. Le Cavalier avait mis pied à terre et se dirigeait vers lui.

Il se hâta de gravir l'échelle et de refermer la trappe de bois.

Des coups furieux le firent reculer. Le Hessois venait d'attaquer le battant à coups d'épée. La pointe de sa lame jaillit entre deux planches.

— Ça ne tiendra pas, gémit le jeune Masbath.

Ichabod se précipita vers le mur où était appuyée une énorme pierre à meule. L'enfant l'aida à la faire rouler jusqu'à la trappe, puis à la basculer dessus.

Nullement découragé, le Hessois attaqua le battant à la hache. Ni le bois ni la pierre ne suffiraient à le retenir...

Ichabod avait besoin d'un plan. Au bord de la frénésie, il regarda l'axe central du moulin, relié aux pales par des roues dentelées perpendiculaires... les deux pierres de meule et la corbeille à grain au-dessous... l'échelle qui conduisait sur une plate-forme de stockage, et les sacs de farine qui y étaient entreposés... l'escalier en spirale montant sur le toit...

Une idée folle germa dans son esprit.

Il saisit un crochet de fer.

— Montez là-haut, ordonna-t-il à ses compagnons. Ouvrez la trappe et attendez.

Il donna sa lanterne à Katrina, qui se hâta d'obéir.

Ichabod escalada l'échelle de la plate-forme et repéra le levier qui immobilisait les pales du moulin.

Il tira dessus de toutes ses forces. Les pales tournèrent sous l'effet de la tempête, actionnant les roues dentelées et mettant en branle l'axe central.

Au-dessus de la première trappe, la pierre à meule vibrait sous les assauts du Cavalier. Ce n'était plus qu'une question de secondes...

— Ichabod ! appela Katrina, paniquée.

— Continuez à grimper ! J'arrive ! cria l'inspecteur. Enfin, j'espère, ajouta-t-il entre ses dents.

Les sacs étaient très lourds. Pour les traîner jusqu'au bord de la plate-forme, Ichabod dut bander tous ses muscles. Lorsqu'ils furent proprement alignés, il se servit du crochet d'empaquetage pour les déchirer un à un.

De la farine se déversa en cascade sur le sol du moulin, formant un nuage épais et étouffant.

La pierre à meule passa au travers de l'ouverture et atterrit avec un bruit mat : le Cavalier avait taillé le bois tout autour.

A présent, le nuage de farine montait jusqu'à la plate-forme. Bientôt, il aveuglerait Ichabod, qui leva les yeux, juste à temps pour voir Katrina et le jeune Masbath prendre pied sur le toit.

Il allait devoir les suivre. Mais l'escalier en colimaçon montait le long du mur, et la plate-forme où il se tenait ne s'étendait pas jusque-là. Pour l'atteindre, il devrait redescendre au niveau du plancher.

— Derrière toi ! cria Katrina au-dessus de sa tête.

Ichabod pivota. Le Cavalier venait d'apparaître au milieu de la nappe de farine.

Plus question de redescendre. Il allait devoir sauter.

Ichabod prit son élan, courut jusqu'au bord de la plate-forme et bondit, les bras tendus devant lui.

Il se sentit tomber...

Ses doigts se refermèrent autour de la rampe de l'escalier. Il s'y accrocha et effectua un rétablissement qui le conduisit sur les marches.

Clignant des yeux, aveuglé par le nuage blanc, il gravit l'escalier à tâtons. Il avait de plus en plus de mal à respirer.

Au-dessus de lui, Katrina et le jeune Masbath lui faisaient signe de les rejoindre.

Le Cavalier se balançait au bout d'une chaîne, créant un courant d'air qui ouvrait un sillon dans le nuage. Il atterrit au pied des marches avec un bruit sourd.

Aidé par ses compagnons, Ichabod se hissa près d'eux.

— Refermons la trappe ! supplia Katrina.

— Non, dit Ichabod en lui reprenant la lanterne. Avancez jusqu'au bord du toit et préparez-vous à sauter !

— A sauter ? s'étrangla le jeune Masbath. D'ici ?

Le Cavalier se rapprochait ; ils n'avaient pas le temps de discuter. Ichabod prit ses deux compagnons par la main et les entraîna derrière lui.

Les pales du moulin tournaient devant eux, leur toile claquant au vent.

— Sautez dessus, ordonna Ichabod. A mon signal...

— Je ne peux pas, gémit Katrina

— Bien sûr que si ! Ne lâche pas ma main.

Ichabod jeta un coup d'œil vers la trappe. Il apercevait déjà l'ombre du Cavalier.

— Attention...

Il jeta la lanterne par l'ouverture de la trappe.

— Maintenant !

Le jeune Masbath bondit. Ichabod et Katrina le suivirent. Ils atterrirent ensemble sur une pale et se laissèrent glisser vers le bas.

Ichabod entendit un bruit de verre dans le moulin : la lanterne venait de s'écraser sur le sol.

L'édifice trembla ; la poussière de grain s'enflamma et explosa.

Arrivés à l'extrémité de la pale, les trois compagnons fermèrent les yeux et lâchèrent prise. Ils tombèrent dans la terre meuble, se relevèrent précipitamment et dévalèrent le flanc de la colline.

Derrière eux, le moulin n'était plus qu'une colonne de flammes crachant des débris. Ils sentaient la chaleur du brasier leur roussir le dos tandis qu'ils traversaient le champ.

Ils s'immobilisèrent à la lisière de la forêt. La voiture d'Ichabod n'était pas loin. Les chevaux broutaient paisiblement, sans se soucier du moulin en train de s'effondrer.

Et le Cavalier ? se demanda Ichabod.

— Vous croyez qu'il est mort ? demanda le jeune Masbath, faisant écho à ses pensées.

— Il est mort depuis le début... C'est bien là le problème.

— Regardez ! s'exclama Katrina.

Une pile de débris enflammés venait de se soulever. Ichabod l'observa, l'incrédulité cédant vite la place à une terreur abjecte.

Le Cavalier sortit du brasier. Toujours sans tête, mais intact.

CHAPITRE XVII

— Venez ! cria Ichabod.

Il courut vers la voiture et sauta sur le banc du cocher, Katrina et le jeune Masbath sur ses talons.

Il empoigna les rênes mais n'eut même pas besoin d'en jouer : les chevaux partirent ventre à terre en direction de la piste indienne.

Derrière eux, le hennissement sinistre de Daredevil déchira l'air nocturne.

— Où allons-nous ? demanda Katrina.

— Peu importe, répondit Ichabod.

— Il est juste derrière nous ! lança le jeune Masbath.

— Il faut nous réfugier dans l'église ! cria Katrina.

— C'est trop loin, dit Ichabod : nous n'y arriverons jamais.

Le jeune Masbath saisit la sacoche posée sur le sol de la voiture et la lança sur les genoux de l'inspecteur.

— Tenez, monsieur ! Vous devez bien avoir quelque chose d'utile dans votre sac à malice...

— Rien qui puisse nous aider, j'en ai peur. Prends les rênes !

Ichabod et l'enfant échangèrent leur place. L'inspecteur remit le fusil de Van Ripper à Katrina, monta sur le toit de la voiture et rampa vers le coffre fixé à l'arrière.

Le Cavalier se rapprochait. Ichabod sentait la pourriture de sa chair et l'odeur de brûlé de son uniforme. Il rattrapa la voiture et dégaina son épée.

Ichabod se pencha, ouvrit le coffre et y trouva ce qu'il cherchait : une scie.

— Attention ! l'avertit Katrina.

Ichabod entendit un sifflement et roula sur lui-même. La lame se ficha dans le toit du véhicule, projetant des échardes.

Trop près. Beaucoup trop près.

Le Cavalier se laissa distancer, passa de l'autre côté de la voiture et revint à la charge.

Ichabod rampa vers le siège du conducteur.

— Maintiens-le à distance ! Bloque-lui le passage !

Le jeune Masbath guida les chevaux vers le bas-côté pour empêcher le Hessois de les doubler.

Mais les roues du véhicule passèrent sur des cailloux et le soubresaut délogea Ichabod de son perchoir.

Par pur réflexe, il tendit les bras. Ses doigts se refermèrent sur le montant de la portière ; il resta accroché au flanc de la voiture, ses chaussures raclant le sol.

Du coin de l'œil, il vit la scie tomber et rebondir sur le chemin.

Katrina tendit une main vers lui.

— Viens !

Ichabod lâcha le montant d'un bras et voulut saisir celui de la jeune fille.

Avec un claquement, la portière s'ouvrit soudain, lui imprimant un mouvement de balancier. Il s'agrippa de toutes ses forces, mais le choc fit tomber son pistolet de son holster.

Des branches lui cinglaient le visage. La voiture roulait trop près des arbres. Ichabod ne pouvait pas rester dans cette position. Il plongea, parvint à saisir le rebord de la fenêtre et à se glisser par l'ouverture.

Il atterrit aux pieds de Katrina quelques secondes avant qu'un tronc d'arbre n'arrache de ses gonds la portière ouverte.

Le jeune Masbath déporta le véhicule vers l'autre côté de la route ; le Cavalier l'imita en se rapprochant.

Katrina rendit le fusil à Ichabod. Il se tourna vers leur poursuivant et tenta de viser malgré les vibrations de la voiture.

Le Cavalier se pencha sur l'encolure de Daredevil et empoigna l'arrière du véhicule.

Ichabod tira.

La main gauche du Hessois fut pulvérisée, mais il continua à s'accrocher avec la droite.

Ichabod visa de nouveau.

Avant qu'il puisse faire feu, le Cavalier se laissa glisser du dos de son étalon pour se hisser dans la voiture. Il prit pied à l'intérieur et leva son épée.

Plus le temps de tirer ! Se servant de son fusil comme d'une massue, Ichabod tenta d'assommer le Hessois. Mais celui-ci intercepta le coup et, d'un revers de main, fit tomber l'inspecteur sur le plancher du véhicule.

Le jeune Masbath se dressa au-dessus de lui, brandissant la sacoche d'Ichabod, qui atteignit le Cavalier à la poitrine et le fit tituber.

Il perdit l'équilibre et tomba sur la route.

— Je savais bien qu'elle pouvait nous être utile ! triompha le petit garçon.

Un bruit de mauvais augure retentit.

La voiture venait de heurter un rocher. Elle s'inclina dangereusement tandis que les chevaux ralentissaient.

— Accrochez-vous ! cria Ichabod.

Ils s'immobilisèrent. Ichabod sauta à terre le premier, suivi par le jeune Masbath et par Katrina. Il fit le tour du véhicule et constata qu'une roue avait volé en éclats.

— Ça tombe très mal, commenta-t-il, l'air sombre.

— Nous sommes fichus, gémit le jeune Masbath.

Derrière eux, Daredevil galopait jusqu'à son maître.

— Il faut nous mettre à couvert d'une façon ou d'une autre, dit Ichabod. Vite !

Il s'élança dans les bois et, apercevant une crête, voulut l'escalader. Mais il se pétrifia avant d'atteindre le sommet.

Dame Van Tassel le toisait du haut de son étalon blanc.

— Encore vivant ? lança-t-elle avec une surprise feinte.

Dans sa main droite, elle tenait le pistolet d'Ichabod.

Derrière eux, Daredevil se rapprochait.

— Cours, Katrina ! ordonna Ichabod.

— C'est ça. Cours, saute et esquive, ricana dame Van Tassel en pointant le canon de l'arme vers la jeune fille. Et fais-moi un saut périlleux, pendant que tu y es !

— Cours ! s'époumona Ichabod.

Il bondit vers dame Van Tassel, les bras tendus pour s'emparer du pistolet.

Calmement, la veuve de Baltus pivota et lui tira dans la poitrine.

Ichabod s'effondra.

— Non ! cria Katrina.

Le jeune Masbath se laissa tomber à genoux.

— Mon Dieu, non... Non...

Dame Van Tassel se pencha. Saisissant sa belle-fille par les cheveux, elle la traîna vers le Cavalier Sans Tête.

Katrina cria, griffa et donna des coups de pied sans parvenir à se libérer. Dame Van Tassel la laissa tomber négligemment devant le Hessois.

— Prends-la ! Elle est à toi.

Katrina se releva d'un bond et courut vers Ichabod. Le Cavalier leva son épée et lui emboîta le pas.

Ichabod toussa et lutta pour se mettre à genoux.

La balle l'avait sonné comme un coup de poing au plexus. Il avait le souffle coupé, mais il était toujours vivant.

Comment diable... ?

— Monsieur, vous... Vous n'êtes pas mort, balbutia le jeune Masbath en écarquillant les yeux.

— Pas... encore, dit Ichabod, qui ne voulait pas tenter le sort.

Son attention fut attirée par les cris de Katrina. La jeune fille courait vers lui, le Cavalier sur les talons. Derrière eux, dame Van Tassel éclata d'un rire dément.

Le soulagement d'Ichabod s'évanouit. Le Hessois ne s'arrêterait pas avant d'avoir accompli sa mission : en l'occurrence, tuer Katrina.

Dame Van Tassel était sur le point d'atteindre son but. Elle contrôlait le Cavalier. Tant qu'elle détiendrait sa tête, il resterait son esclave.

Mais bien sûr !

Ichabod bondit vers la sorcière. Il la désarçonna, roulant avec elle dans l'herbe.

Sa sacoche de selle se détacha et s'ouvrit.

Du coin de l'œil, Ichabod aperçut la tête du Cavalier. Il voulut s'en saisir, mais dame Van Tassel le retint en s'agrippant à ses jambes.

Soudain, l'inspecteur sentit son étreinte se relâcher. Il jeta un coup d'œil par-dessus son épaule. Dame Van Tassel gisait inconsciente aux pieds du jeune Masbath qui brandissait encore la branche morte avec laquelle il venait de l'assommer.

Le hurlement de Katrina fit sursauter Ichabod.

Le Cavalier venait de la rattraper.

De sa main en charpie, il empoigna la jeune femme par les cheveux ; de l'autre, il dégaina son épée.

Ichabod ramassa le crâne et le leva au-dessus de sa tête.

— Hessois ! appela-t-il.

Le Cavalier se tourna vers lui.

Ichabod lança le crâne dans les airs.

Le Cavalier lâcha Katrina. Il tendit les mains et rattrapa sa tête avec douceur, presque tendrement.

La jeune fille se précipita dans les bras de son sauveur. Un élancement de douleur traversa la poitrine d'Ichabod, mais peu lui importait. Il étreignit la jeune femme en murmurant une prière reconnaissante.

Le Cavalier leva lentement son crâne et le plaça sur ses épaules.

Un roulement de tonnerre fit vibrer le sol ; un éclair frappa le Hessois, l'enveloppant d'une aura verdâtre.

La chair se reforma à la base du cou. Elle grandit, couvrant peu à peu les os et se remplissant de sang, de muscles et de nerfs.

Ichabod, Katrina et le jeune Masbath regardaient le spectacle avec une fascination morbide. C'était un miracle. Sous leurs yeux, le crâne nu était en train de se changer en tête et de se rattacher au corps du Cavalier.

Ses cheveux poussèrent. Quand ils eurent atteint ses épaules, le visage du Hessois était redevenu tel qu'avant sa mort.

Il n'en demeurait pas moins effrayant avec ses traits durs et son regard impitoyable. Levant une main, il se tâta la mâchoire. S'il était heureux d'avoir retrouvé sa tête, il ne le montra pas.

Daredevil s'approcha de lui en hennissant tout bas.

Le Cavalier rengaina son épée, monta en selle et avança vers Ichabod et Katrina.

Terrifiés, ils s'accrochèrent l'un à l'autre.

Mais le Cavalier les dépassa sans esquisser un geste et continua en direction de dame Van Tassel. Il se pencha, saisit la femme inconsciente dans ses bras et la jeta en travers de l'encolure de son cheval.

Puis il s'éloigna.

Les trois compagnons le regardèrent partir, l'épuisement et la terreur cédant peu à peu la place au soulagement.

Avec un grand sourire, Katrina jeta ses bras autour du cou d'Ichabod. Si l'inspecteur entretenait encore le moindre doute à son égard, il fut effacé par un long baiser.

Quand ils se séparèrent enfin, Ichabod se retourna :

— Comment vas-tu, jeune Masbath ?

— Je suis un peu secoué, avoua l'enfant.

Ichabod lui ouvrit les bras et le serra contre lui.

N'étaient-ils pas partenaires, tous les trois ?

Katrina se dégagea et effleura le trou laissé par la balle sur la poitrine d'Ichabod.

— J'ai bien cru t'avoir perdu...

Il plongea la main dans sa poche et en tira un petit volume relié de cuir : *Un Recueil de Sortilèges, de Charmes et d'Echanges avec le Monde des Esprits.*

Il l'avait gardé précieusement contre son cœur.

Et la balle de dame Van Tassel s'était logée dedans.

Indifférent aux embrassades d'Ichabod et de ses compagnons, le Hessois chevauchait en silence le long de la piste indienne. L'Arbre des Morts l'attendait au bout du chemin.

Il rentrait chez lui. Et il allait pouvoir se reposer à jamais.

La femme se réveillait lentement. *Tant mieux,* pensa le Cavalier. Ainsi, elle serait à même d'apprécier le voyage qu'elle avait payé de son âme.

Il lui empoigna les cheveux et la força à tourner la tête vers lui. Elle ouvrit les yeux et cria.

Le Cavalier se pencha vers elle. Il grimaça, découvrant ses dents taillées en pointe.

Daredevil bondit dans les airs vers la lueur blanche qui sortait de la gueule ouverte de l'arbre.

Alors qu'un éclair déchirait la nuit, le Cavalier, son étalon et dame Van Tassel disparurent.

Dans les ténèbres qui suivirent, un observateur aurait peut-être distingué la main blessée de la sorcière, tendue en un geste implorant.

Elle fut agitée de quelques spasmes puis retomba mollement, du sang dégoulinant de la plaie.

CHAPITRE XVIII

Le jeune Masbath avait perdu l'usage de la parole. Ses yeux écarquillés ne suffisaient pas à embrasser toutes les merveilles qui s'alignaient le long des rues, et tous les gens qui les arpentaient — plus qu'il n'en avait vus de sa courte vie !

— Ça alors ! murmura-t-il pour la centième fois depuis son arrivée.

— Des rues pavées ! s'exclama Katrina.

Ichabod sourit. La neige qui tombait doucement recouvrait une multitude de péchés. Mais il devait l'admettre : sous son manteau blanc, New York semblait enchanteresse.

Etait enchanteresse.

Le crime n'avait pas signé de contrat d'exclusivité avec la ville, pas plus que la mauvaise fortune ou les âmes perdues. On trouvait le mal partout, sur les docks battus d'embruns comme dans les vallées les plus endormies. Mais il y avait aussi dans le monde beaucoup d'autres choses...

Des choses belles et merveilleuses...

Ichabod sourit à Katrina.

— De retour à New York pour le début du siècle. C'est un nouvel âge qui commence...

— C'est toujours un nouvel âge, répliqua Katrina. Mais l'ancien ne disparaît pas pour autant...

LA LÉGENDE DU VAL DORMANT

Une nouvelle de
Washington Irving

DÉCOUVERTE DANS LES TIROIRS DE FEU DIETRICH KNICKERBOCKER

En ce très doux pays où les âmes sommeillent
Où les songes fuient devant des paupières closes
Où les riants châteaux sont coiffés de merveilles
Par les nuées d'été qui dans le ciel éclosent.
Le château de l'indolence

Au cœur d'une des grandes criques qui constellent le rivage oriental de l'Hudson, à l'endroit exact où le fleuve s'élargit pour former ce que les navigateurs hollandais nommaient autrefois le Tappan Zee — et qu'ils traversaient toujours les voiles prudemment baissées en implorant la protection de saint Nicolas — s'étend une petite ville marchande... ou un port campagnard. Certains l'appellent Greensburgh, mais il est plus communément et plus justement connu sous le nom de Tarry Town. On raconte qu'il a été baptisé dans l'ancien temps par les bonnes femmes de la campagne environnante à cause de la propension de leurs époux à traîner aux abords de la taverne les jours de marché. Je ne me porte pas garant de cette information, que je me borne à communiquer dans un simple souci de précision et d'authenticité.

Non loin de ce village, à environ une lieue, se trouve une petite vallée (ou plutôt un coin de terre blotti entre de hautes collines) qui compte parmi les endroits les plus paisibles du monde. Un ruisselet la traverse, son murmure juste assez fort pour induire la somnolence ; seuls le sifflement occasionnel d'une caille ou le martèlement d'un pivert viennent rompre la monotonie du silence.

Lorsque j'étais adolescent, je me souviens d'avoir abattu mon premier écureuil dans un des bosquets de noyers qui ombragent les versants de cette vallée. M'y étant aventuré vers midi, au moment où la nature est la plus calme, je sursautai en entendant le rugissement de mon pistolet quand il déchira le silence dominical. Si j'ai un jour besoin de me retirer de ce monde, ou de me soustraire à ses distractions pour rêvasser jusqu'au terme d'une existence jusque-là agitée, aucun endroit ne sera plus approprié que celui-là.

A cause de sa tranquillité que rien ne vient troubler, et du caractère un peu particulier de ses habitants (qui descendent des premiers colons hollandais), cette vallée encaissée est depuis longtemps connue sous le nom de Val Dormant. Dans la campagne environnante, ses rustiques jeunes gens ont gagné le sobriquet d'Enfants du Val Dormant. Une influence apaisante, propice au rêve, semble planer sur cette contrée et imprégner son atmosphère. Certains prétendent que la vallée fut ensorcelée par un grand docteur allemand au début de la colonisation ; d'autres affirment qu'un vieux chef indien, prophète ou sorcier de sa tribu, y tenait ses pow-wows avant que le pays ne soit découvert par Maître Hendrick Hudson.

Une chose est sûre : cet endroit est sous l'emprise d'un mystérieux pouvoir qui envoûte les braves gens et les plonge dans une continuelle rêverie. Ils entretiennent toutes sortes de croyances merveilleuses et sont sujets à des transes ou à des visions ; souvent, ils sont témoins de scènes étranges, ou entendent de la musique ou des voix sorties de nulle part. Toute la région regorge de légendes, de lieux hantés et de superstitions crépusculaires ; les étoiles filantes et les météores traversent les cieux de la vallée plus souvent que partout ailleurs ; le cauchemar, telle une jument nocturne flanquée de ses neuf poulains, en fait le théâtre favori de ses frasques.

Mais l'esprit dominant qui hante cette région et semble commander à toutes les puissances de l'air est une silhouette dépourvue de tête et montée sur un étalon. Certains affirment qu'il s'agit du fantôme d'un soldat hessois, dont la tête fut emportée par un boulet de canon au cours d'une obscure bataille de la Révolution. Il apparaît de temps à autre aux braves campagnards, fendant la nuit comme s'il était porté par les ailes du vent. La vallée n'est pas le seul lieu de ses chevauchées, qui le conduisent parfois sur les routes adjacentes, notamment dans le voisinage d'une église toute proche. Les historiens les plus réputés de la région ont rassemblé et comparé les rumeurs courant sur ce spectre. Selon eux, le cavalier — dont le cadavre a été enterré dans le cimetière de l'église — galope vers le champ de bataille en quête de sa tête. La vitesse surnaturelle à laquelle il traverse la vallée, telle une bourrasque de minuit, est due à la hâte de regagner ses pénates avant le lever du jour.

Telles sont les grandes lignes de la légende qui a fourni matière à de nombreux récits fantastiques dans une région où le spectre est partout connu sous le nom de Cavalier Sans Tête du Val Dormant.

Il est remarquable que la tendance aux visions que je viens d'évoquer ne se manifeste pas uniquement chez les natifs de la vallée, mais se communique à tous ceux qui y résident. Aussi éveillés qu'ils aient pu être avant de pénétrer dans cette région endormie, on peut jurer qu'ils verront rapidement s'épanouir leur imagination à travers des songes et des apparitions.

Si je chante les louanges de ces lieux paisibles, c'est pour une raison fort simple : dans les petites vallées hollandaises semées de-ci de-là aux quatre coins du grand Etat de New York, la population, les mœurs et les coutumes demeurent immuables. Le torrent des migrations et du progrès, qui déferle sur toutes les autres régions de ce pays agité, y provoquant des changements sans fin, coule à leur insu. Ces vallées sont pareilles aux petits bassins d'eau dormante qui accompagnent un fleuve au débit puissant : on peut y voir un brin de paille ou une bulle décrire des cercles paresseux dans un semblant de port, indifférents au flot qui bouillonne à côté. Bien que de nombreuses années se soient écoulées depuis que j'ai arpenté pour la dernière fois les ombrages ensommeillés du Val Dormant, qui sait si je n'y retrouverais pas les mêmes arbres et les mêmes familles végétant en son sein protégé ?

Ici demeurait, en une période reculée de l'histoire de l'Amérique (c'est-à-dire il y a une trentaine d'années), un homme à l'âme digne nommé Ichabod Crane qui séjourna ou — comme il aimait à le dire — « traîna » au Val Dormant dans le noble but d'instruire les enfants du voisinage. Il était natif du Connecticut, un Etat qui fournit à notre Union des pionniers de l'esprit autant que des forêts, dépêchant chaque année des légions de bûcherons sur la frontière et de maîtres d'école dans les campagnes.

Le patronyme Crane — qui signifie « grue » — n'était pas sans lui convenir. Grand mais excessivement maigre, il avait des épaules étroites, des membres interminables, des mains qui dépassaient largement de ses manches, des pieds comme des pelles et une carcasse qui semblait toujours sur le point de se disloquer. Sa petite tête, plate sur le dessus, était affublée d'oreilles gigantesques, de grands yeux d'un vert vitreux et d'un nez long, courbe et pointu. Perchée au sommet de son cou grêle, elle le faisait ressembler à une girouette. A le voir escalader le flanc d'une colline par un jour de grand vent, ses vêtements flottant autour de lui, on aurait pu le prendre pour le mauvais génie de la famine descendu sur terre, ou pour un épouvantail échappé de son champ de maïs.

Son école était une bâtisse d'une pièce, grossièrement faite de rondins, dont les vitres avaient été en partie remplacées par les feuilles de vieux cahiers. En dehors des heures de cours, l'endroit était ingénieusement protégé par un brin d'osier entortillé autour de la poignée de la porte et des pieux coincés contre les volets. Un voleur aurait pu y entrer sans difficulté, mais il aurait éprouvé quelque embarras au moment de sortir : une idée empruntée par l'architecte Yost Van Houten à la configuration d'une nasse à anguilles.

L'école se dressait dans un lieu solitaire mais plaisant, au pied d'une colline boisée que longeait un ruisseau. Un grand bouleau poussait à une de ses extrémités. Dans la torpeur estivale, le murmure des élèves ânonnant leurs leçons retentissait comme le bourdonnement d'un essaim interrompu parfois par la voix autoritaire du maître, voire par le claquement de sa baguette quand il poussait rudement un retardataire sur le chemin fleuri de la connaissance. En vérité, c'était un homme consciencieux, qui gardait toujours à l'esprit cette règle d'or : « Qui aime bien châtie bien. » Or, il aimait beaucoup ses élèves...

Je ne voudrais pas laisser croire qu'il était un de ces tyrans de l'éducation comblé de joie par la souffrance de leurs sujets ; au contraire, il dispensait la justice avec discernement plutôt que sévérité, ôtant le fardeau du dos des faibles pour l'imposer aux plus forts. Tel garçonnet malingre qui frémissait à la seule vue de sa baguette se voyait épargné, tandis que le garnement hollandais buté, que les coups de trique rendaient plus rétif encore, recevait une double dose de justice. Ichabod Crane appelait cela « accomplir son devoir envers les parents », et jamais il n'infligeait un châtiment sans le faire suivre de la promesse, réconfortante pour le fautif, qu'« il s'en souviendrait et le remercierait jusqu'à la fin de ses jours ».

Les cours terminés, il devenait le compagnon de jeu des élèves les plus âgés ; les après-midi fériés, il n'hésitait pas à ramener les plus jeunes chez eux, surtout s'ils avaient pour sœur une ravissante créature ou pour mère une ménagère au garde-manger réjouissant. De fait, il avait intérêt à rester en bons termes avec ses élèves. L'école lui rapportait de maigres revenus qui eussent à peine suffi à lui fournir son pain quotidien. Car Ichabod Crane était un gros mangeur ; malgré sa silhouette efflanquée, il avait les capacités de dilatation d'un anaconda. Afin d'assurer sa subsistance, et selon la coutume admise dans ces campagnes, il se faisait loger et nourrir par les fermiers dont il instruisait les enfants. Passant une semaine chez chacun d'eux, il faisait la tournée du voisinage, ses effets personnels enveloppés par un grand mouchoir de coton.

Pour que cela ne coûte pas trop cher à ses rustiques clients, enclins à considérer les dépenses éducatives comme une charge douloureuse et les maîtres d'école comme des parasites, il savait se rendre utile et agréable de maintes façons. Parfois, il secondait les fermiers dans les travaux faciles, les aidant à rentrer le foin, à réparer les clôtures, à abreuver les chevaux, à ramener les vaches du pré ou à couper le bois. Alors, il abandonnait la dignité dominatrice et l'assurance absolue avec lesquelles il régnait sur son petit empire scolaire pour devenir merveilleusement gentil et débonnaire. Il s'attirait les faveurs des mères en cajolant leurs enfants, surtout les plus jeunes ; tel le lion valeureux qui épargna généreusement l'agneau, il s'asseyait avec l'un d'eux sur un genou, et, de son pied libre, balançait de longues heures durant le berceau d'un autre.

Outre ces diverses occupations, il était le maître de chant du voisinage et arrondissait ses fins de mois en enseignant aux plus jeunes les subtilités de la psalmodie. Le dimanche, il ne se sentait pas peu fier de prendre place devant la tribune de l'église, en compagnie d'un groupe de ses meilleurs choristes, pour ravir sans peine la palme au pasteur... Du moins le croyait-il ! Une chose est sûre : sa voix dominait toutes les autres. Aujourd'hui encore, on peut entendre dans cette église — et même, par un paisible dimanche matin, jusque de l'autre côté du bief, à huit cents pas de distance — des trémolos sans pareils qui, selon une rumeur, monteraient de la gorge d'Ichabod Crane.

Grâce à ces expédients, le pédagogue vivait d'une façon assez décente. Tous ceux qui ne comprenaient rien aux tâches intellectuelles auraient juré qu'il menait une existence merveilleusement facile.

Dans les cercles féminins campagnards, le maître d'école est généralement tenu pour un personnage important : une sorte de gentilhomme oisif, aux capacités et aux goûts infiniment supérieurs à ceux des paysans. Il est vrai que son érudition n'a souvent pas d'autre rivale que celle du pasteur. Par conséquent, sa présence au goûter dans une famille est susceptible d'entraîner quelque effervescence et l'apparition de douceurs supplémentaires, voire d'une théière en argent.

Notre lettré se délectait des sourires des demoiselles de la campagne. Le dimanche, il fallait le voir se pavaner parmi elles dans le cimetière attenant à l'église, cueillant des grappes sur la vigne sauvage qui envahissait les arbres, récitant les épitaphes gravées sur les pierres tombales, ou flânant en galante compagnie le long du bief tandis que les paysans, penauds, restaient en arrière, jaloux de son aisance et de son élégance.

Cette existence de demi-nomade faisait de lui une gazette itinérante qui colportait de maison en maison les ragots du coin ; grâce à cela, il était toujours accueilli chaleureusement. De plus, les femmes admiraient son érudition, car il avait lu plusieurs livres jusqu'à la fin et connaissait sur le bout des doigts l'*Histoire de la sorcellerie en Nouvelle-Angleterre*, de Cotton Mather — sorcellerie en laquelle, soit dit en passant, il croyait dur comme fer.

L'homme était un étrange mélange de rouerie et de crédulité. Son appétit de merveilleux, comme sa capacité à l'assimiler, avaient crû depuis son arrivée en cette campagne. Aucune histoire n'était trop extravagante ou monstrueuse pour lui. L'après-midi, après avoir libéré ses élèves, il aimait s'étendre sur le tapis de trèfle qui bordait le ruisseau longeant son école, et s'y régaler des récits morbides du vieux Mather jusqu'à ce que le crépuscule l'empêche de lire.

Alors, tandis qu'il traversait les marais et les bois terrifiants pour gagner la ferme où il était logé, tous les sons de la nature titillaient son imagination : le gémissement de l'engoulevent sur le versant d'une colline, le coassement du crapaud arboricole annonçant l'orage, le ululement sinistre de l'effraie ou le bruit d'ailes des oiseaux effarouchés abandonnant leur perchoir dans les fourrés. Les lucioles, qui brillent d'une lumière d'autant plus vive que l'obscurité est épaisse, l'effrayaient quand l'une d'elles croisait brusquement sa route. Et si, par le plus pur des hasards, un coléoptère stupide le heurtait dans son vol maladroit, le pauvre homme croyait perdre l'esprit, certain d'être victime des manigances d'une sorcière.

En de telles circonstances, l'unique moyen de museler son imagination ou de repousser les mauvais esprits consistait à entonner des psaumes. Les braves gens du Val Dormant, souvent assis sur le pas de leur porte, tremblaient d'effroi quand ils entendaient sa mélopée nasillarde monter d'une lointaine colline ou le long de la route envahie par la pénombre.

Pendant les longues soirées hivernales, il aimait s'asseoir avec les vieilles Hollandaises tandis qu'elles filaient devant l'âtre où rôtissaient des pommes. Là, Crane frissonnait de plaisir en écoutant leurs histoires de fantômes et de gobelins, de champs, de ruisseaux, de demeures et de ponts hantés. Plus que tout, il appréciait la légende du Cavalier Sans Tête, ou du Hessois du Val, comme on l'appelait parfois. En retour, il distrayait la compagnie avec ses histoires de sorcellerie pleines des sinistres prémonitions, des mirages et des bruits de mauvais augure autrefois si communs dans le Connecticut. Il effrayait son auditoire avec des spéculations sur les comètes et les étoiles filantes, ou en rappelant le fait alarmant que la Terre tournait vraiment sur elle-même et que les hommes passaient la moitié de leur temps la tête en bas !

Mais, si tout cela lui semblait agréable quand il était douillettement blotti près de la cheminée d'une pièce aux murs baignés d'une douce lueur orangée par les flammes — et où aucun spectre n'aurait osé se montrer —, Ichabod le payait au prix fort par la terreur éprouvée sur le chemin du retour. Que de formes et d'ombres effrayantes le tourmentaient dans la clarté blafarde d'une nuit enneigée ! Et avec quel regard frémissant découvrait-il alors la moindre lueur filtrant d'une lointaine fenêtre ! Combien de fois fut-il épouvanté par un banal buisson couvert de neige qui vint lui barrer la route tel un spectre enveloppé d'un suaire ! Combien de fois se recroquevilla-t-il sur lui-même en entendant le bruit de ses pas faire craquer la terre gelée sous ses pieds, ou redouta-t-il de regarder par-dessus son épaule de peur de découvrir que quelque créature s'approchait lourdement de lui ! Et combien de fois fut-il submergé par une panique indicible à cause d'une bourrasque qui hurlait entre les arbres, le persuadant qu'il allait se frotter au Cavalier Hessois !

Ce n'était que de simples terreurs nocturnes, des fantômes jaillis de son imagination à la faveur des ténèbres. Même si Ichabod Crane avait été confronté à plus d'un spectre, et si Satan lui avait tendu des embuscades sous diverses formes lors de ses pérégrinations solitaires, la lumière du jour mettait un terme à tous ses maux. Malgré le diable et ses sinistres agissements, il aurait mené une existence paisible si son chemin n'avait pas croisé celui d'un être qui éveille chez les mortels plus de perplexité que tous les fantômes, tous les gobelins et toutes les sorcières réunis : une femme.

Parmi les élèves qu'Ichabod réunissait un soir par semaine pour leur prodiguer son enseignement musical se trouvait Katrina Van Tassel, la fille unique d'un fermier hollandais prospère. C'était une adolescente de dix-huit ans potelée comme une perdrix, aux joues roses, duveteuses et fondantes comme les pêches de son père. Elle était connue à des lieues à la ronde pour sa beauté... et parce qu'elle attendait beaucoup de la vie. En outre, comme le révélait sa tenue faite de modernité et tradition, histoire de mettre mieux en valeur ses charmes, elle était plutôt coquette et portait souvent des pièces rares que son arrière-arrière-grand-mère avait rapportées de Saardam : un séduisant corset à l'ancienne mode et un jupon fort court qui découvrait la plus jolie cheville et le pied le mieux tourné de la région.

Ichabod Crane avait un penchant certain pour le beau sexe ; aussi n'est-il pas étonnant que pareille beauté trouvât grâce à ses yeux, surtout après qu'il lui eut rendu visite dans la demeure paternelle. Le vieux Baltus Van Tassel était l'archétype du fermier prospère, content de soi et généreux. Son regard comme ses pensées, il faut l'admettre, dépassaient rarement les limites de ses terres. Mais à l'intérieur de son domaine, tout était florissant et bien entretenu. Il se satisfaisait de sa fortune sans en tirer de vanité, et se réjouissait de l'abondance chaleureuse qu'elle lui valait plutôt que du style de vie qu'elle lui permettait d'avoir.

Son fief se situait sur la rive de l'Hudson, au cœur d'une des petites criques protégées, donc verdoyantes et fertiles, que les fermiers hollandais aiment tant. Un orme imposant s'y dressait ; à son pied, dans une barrique tenant lieu de puits, une source de l'eau la plus pure et la plus douce bouillonnait avant de se faufiler, scintillante, entre les hautes herbes jusqu'au ruisseau voisin qui clapotait entre les aulnes et les saules.

Tout près de la ferme, on trouvait une grange si grande qu'elle aurait pu tenir lieu d'église et dont les ouvertures semblaient sur le point de céder sous la pression des richesses qu'elle abritait. Le fléau y sifflait du matin au soir ; les hirondelles et les martinets y voletaient en gazouillant ; sur le toit, des rangées de pigeons profitaient de la douce chaleur du soleil : certains le cou tendu comme à l'affût d'un changement de temps, d'autres avec la tête fourrée sous l'aile, d'autres encore les plumes gonflées, roucoulant et paradant devant leur dame.

Des truies au poil soyeux poussaient des grognements repus dans la quiétude de leur porcherie ; de temps en temps, des légions de cochons de lait cessaient de les téter et passaient la tête entre leurs pattes pour humer l'air. Un escadron d'oies, majestueuses et blanches, voguait sur une mare voisine, encadrant des flottilles de canards. Des régiments de dindons gloussaient dans la cour de la ferme, agaçant les pintades qui manifestaient leur mécontentement avec des cris de ménagères acariâtres. Devant la porte de la grange se pavanait un coq superbe, mari, guerrier et gentilhomme exemplaire, qui battait des ailes en caquetant, le cœur gonflé de joie et de fierté. Parfois, il labourait le sol de ses ergots, puis invitait généreusement sa tribu de femmes et d'enfants, toujours affamés, à savourer le morceau de choix qu'il venait de découvrir.

Le pédagogue salivait devant ces promesses de somptueux dîners, imaginant chaque cochon de lait qui trottinait devant lui avec la panse remplie de farce et une pomme dans la bouche. Il rêvait de pigeons nichés dans un lit de pâte croustillante, d'oies nageant dans leur propre jus et de canards douillettement blottis deux par deux dans des plats, tels des couples enlacés baignant dans une sauce à l'oignon. Les truies devenaient sous ses yeux des tranches de lard parfumé et des jambons juteux ; en esprit, il troussait jusqu'à la dernière des dindes pour lui fourrer le gésier sous l'aile et la parer d'un collier de savoureuses saucisses. Le joyeux Chanteclerc lui-même apparaissait couché sur le dos, les pattes en l'air pour solliciter la grâce que son âme chevaleresque l'empêchait de réclamer de son vivant.

Un jour, alors qu'Ichabod, ravi, songeait à tout cela et que ses grands yeux verts balayaient les prairies, les champs de froment, de seigle, de sarrasin et de maïs et les vergers aux branches chargées de fruits mûrs qui entouraient la demeure accueillante des Van Tassel, son cœur soupira soudain après la demoiselle qui devait hériter de ce domaine. Aussitôt, son imagination s'employa à chercher un moyen de le convertir en espèces sonnantes et trébuchantes, qu'il investirait dans d'immenses étendues de terres vierges et dans des palais couverts de bardeaux érigés au milieu d'une nature sauvage. Ichabod ne s'en tint pas là : il vit Katrina flanquée d'une tribu d'enfants, juchée sur un chariot rempli d'ustensiles ménagers, des bouilloires et des casseroles suspendues aux flancs du véhicule. Puis il se vit chevaucher une jument — suivie par son poulain — en direction du Kentucky, du Tennessee ou de Dieu sait où encore.

Quand il entra pour la première fois chez les Van Tassel, son cœur fut définitivement conquis. C'était une de ces fermes spacieuses dont le toit s'inclinait en pente douce selon le style architectural hérité des premiers colons hollandais, et dont la façade, sous les avant-toits, s'ornait d'une galerie qu'on pouvait fermer par mauvais temps. On y pendait des fléaux, des harnais, divers outils agricoles et des filets de pêche. Des bancs où on pouvait s'installer en été s'alignaient sur les côtés. Le rouet et la baratte occupant les deux extrémités donnaient une idée des différents usages de ce porche.

Après l'avoir traversé, Ichabod entra dans la grande salle, au centre de la demeure, où les gens de la maisonnée se tenaient habituellement. Le pédagogue fut ébloui par les rangées d'étains splendides disposés sur un énorme vaisselier. Dans un coin reposait un énorme sac rempli de laine à filer ; dans un autre, un monceau de tiretaine toute fraîche sortie du métier à tisser. Des épis de maïs et des chapelets de pommes ou de pêches séchées festonnaient gaiement les murs à côté des guirlandes de piments rouges.

Une porte entrouverte permit à Ichabod d'apercevoir le plus beau salon de la demeure, où les chaises aux pieds ouvragés et les tables d'acajou foncé brillaient comme des miroirs ; des chenets flanqués de leurs traditionnelles pelle et pincettes brillaient sous leurs ornementations de fanes d'asperge. Des seringas et des conques décoraient le manteau de la cheminée, surplombé par des chapelets d'œufs d'oiseaux multicolores ; un gros œuf d'autruche pendait au centre de la pièce et un placard, laissé volontairement ouvert, exposait des trésors d'argenterie ancienne et de porcelaines soigneusement entretenues.

Dès que les yeux d'Ichabod Crane se posèrent sur ces merveilles, la sérénité déserta son esprit et il ne songea plus qu'au moyen de s'attirer les faveurs de l'incomparable fille de Baltus Van Tassel. Dans cette entreprise, toutefois, il allait rencontrer plus de difficultés que les chevaliers errants du temps jadis. Ceux-ci n'avaient guère à redouter que les géants, les enchanteurs, les dragons et d'autres adversaires aisément maîtrisables. Puis ils franchissaient un portail de fer ou de bronze et des murs de diamant pour se frayer un chemin jusqu'au donjon où était retenue la dame de leurs pensées. En général, ils s'acquittaient de cette tâche avec autant de facilité qu'un homme découpe une bûche de Noël, et la belle leur accordait tout naturellement sa main.

Ichabod, lui, devait parvenir jusqu'au cœur d'une coquette de village à travers un dédale de caprices et de sautes d'humeur présentant toujours plus de difficultés et d'obstacles. Qui plus est, il devait se frotter à une horde d'adversaires en chair et en os : les innombrables admirateurs qui assiégeaient déjà le cœur de Katrina. Ils se surveillaient d'un œil vigilant et haineux, mais étaient pourtant prêts à faire cause commune contre un nouveau rival.

Parmi eux, le plus redoutable était un colosse braillard et noceur nommé Abraham ou — selon l'abréviation hollandaise — Brom Van Brunt, devenu héros local à cause des exploits accomplis grâce à une force et une hardiesse peu communes. Large d'épaules et dégingandé, avec de courts cheveux noirs bouclés et une attitude à la fois débonnaire et arrogante, il devait à sa carcasse herculéenne et à la puissance de ses membres le surnom de Brom l'Osseux. Sa connaissance des équidés et ses talents de cavalier étaient notoires ; on le disait aussi à l'aise en selle qu'un Tartare et il était favori de toutes les courses et de tous les combats de coqs. L'autorité que lui conféraient ses muscles lui valait d'être l'arbitre de toutes les disputes. A ces occasions, il positionnait son chapeau sur le côté et rendait son verdict sur un ton sans réplique.

Il semblait toujours anxieux de se battre ou de se livrer à quelque fredaine, mais d'une façon plus malicieuse que méchante, car sa brutalité apparente dissimulait une bonne dose d'humour. Trois ou quatre compères — des émules, devrait-on dire — le suivait lorsqu'il battait la campagne, ne manquant pas une occasion de s'amuser à des lieues à la ronde. Par temps froid, on le reconnaissait à sa toque de fourrure à la magnifique queue de renard. Quand les invités d'une fête voyaient au loin cette crête insolite se détacher au milieu d'un escadron de rudes cavaliers, ils devinaient qu'il y aurait bientôt du grabuge.

Parfois, à minuit, on entendait la bande passer devant les fermes au galop, braillant et s'égosillant comme une troupe de Cosaques. Les vieilles dames, réveillées en sursaut, tendaient l'oreille jusqu'à ce que le bruit meure et s'écriaient alors : « Tiens, voilà Brom l'Osseux et sa clique ! » Ses voisins le considéraient avec un mélange de crainte, d'admiration et d'indulgence ; chaque fois qu'une bagarre éclatait ou que quelqu'un était la victime d'un mauvais tour, ils secouaient la tête en affirmant que Brom l'Osseux devait encore avoir fait des siennes.

Ce héros primitif avait depuis quelque temps pris Katrina pour objet de ses rudes attentions. Bien que ses manières eussent toute la douceur de celles d'un ours, on chuchotait que la jeune fille ne l'avait pas éconduit. Pour ses rivaux, ses avances sonnèrent le signal de la retraite : aucun ne se sentait de taille à contrarier un lion faisant sa cour. Un dimanche, quand on vit son cheval attaché à la clôture des Van Tassel — la preuve que Brom était à l'œuvre —, tous les autres prétendants de Katrina passèrent leur chemin et s'en furent porter le combat en d'autres lieux.

Tel était le formidable rival avec qui Ichabod devait se colleter. Pour tout dire, un homme plus fort que lui aurait déclaré forfait devant un tel adversaire... et un homme plus sage aurait abandonné tout espoir. Mais le caractère de Crane était un heureux mélange de docilité et de persévérance ; de corps comme d'esprit, il rappelait une baguette d'aulne : souple mais résistante. Il pliait mais ne rompait pas ! Bien qu'il se voûta à la moindre pression, dès que celle-ci se relâchait, il redevenait aussi droit et portait la tête aussi haute qu'avant.

Déclarer ouvertement la guerre à son rival eût été une folie, car Brom, tout comme Achille, n'était pas homme à se laisser contrarier dans ses amours. Ichabod fit donc ses avances d'une manière discrète et délicatement allusive. Sous prétexte qu'il était maître de chant, il rendit de fréquentes visites aux Van Tassel. Non qu'il eût à craindre une interférence fâcheuse des parents, qui sont souvent l'obstacle principal dressé sur le chemin des amants. Baltus Van Tassel était une âme indulgente et généreuse, qui aimait mieux sa fille que sa pipe préférée. Homme raisonnable et excellent père, il la laissait agir à sa guise en toutes choses.

Son admirable petite femme avait suffisamment de travail avec la maison et la basse-cour ; comme elle le faisait remarquer avec sagesse, les canards et les oies sont des créatures écervelées sur qui il faut veiller, alors que les filles sont capables de se débrouiller seules. Aussi, pendant que cette vaillante ménagère s'affairait dans sa demeure, ou jouait du rouet à un bout de la galerie, l'honnête Baltus fumait sa pipe à l'autre extrémité, observant les exploits du petit soldat de bois qui, une épée dans chaque main, luttait vaillamment contre le vent au sommet de la grange. Pendant ce temps, Ichabod continuait à faire sa cour à leur fille sous le grand orme du torrent, ou flânait avec elle au crépuscule, une heure propice à l'éloquence amoureuse.

J'avoue ne rien savoir de la manière dont on assiège puis conquiert le cœur des femmes. Pour moi, elles ont toujours été un sujet d'étonnement et d'admiration. Certaines ne semblent avoir qu'un seul point vulnérable ou qu'une unique voie d'accès, tandis que d'autres, qui en ont des milliers, peuvent être capturées d'autant de façons. Se gagner les faveurs des premières est un triomphe. Mais c'est un exploit plus grand encore de réussir à conserver son emprise sur les secondes, car il faut constamment défendre les brèches de la citadelle de leur cœur. Ainsi, l'homme qui séduit mille donzelles ordinaires acquiert logiquement un certain renom. Mais celui qui devient le maître absolu d'une seule coquette est indubitablement un héros.

Une certitude demeure : ce n'était pas encore le cas du redoutable Brom l'Osseux. Dès qu'Ichabod se mit à faire ses avances, les intérêts de son rival s'en trouvèrent mal en point. On ne vit plus son cheval attaché à la palissade des Van Tassel le dimanche soir, et une funeste animosité naquit bientôt entre lui et le maître d'école du Val Dormant.

Rude mais chevaleresque, Brom aurait volontiers joué la partie sur la place publique et déterminé le vainqueur à la façon simpliste mais équitable des chevaliers de jadis : par un combat singulier. Mais Ichabod était beaucoup trop conscient de la supériorité physique de son adversaire pour se laisser entraîner sur ce terrain. Ayant entendu Brom se vanter de pouvoir « plier le maître d'école en deux et le ranger sur une étagère », il refusait de lui en donner l'occasion.

Il y avait quelque chose de provocateur dans son entêtement à refuser le combat, car cela ne laissait à Brom pas d'autre solution que de puiser dans sa réserve de rustauderie pour lui jouer des tours pendables. Ichabod fut victime des persécutions malicieuses de son rival et de la bande dont il se séparait rarement. Ils le harcelèrent dans son domaine, enfumèrent son école de chant en bouchant la cheminée, pénétrèrent dans la salle de classe la nuit, malgré les brins d'osier et les pieux, et la mirent tellement sens dessus dessous que le maître d'école crut que les sorcières du pays y avaient tenu leur sabbat. Le plus ennuyeux, c'était que Brom ne manquait jamais une occasion de le tourner en ridicule devant sa belle. Propriétaire d'un roquet auquel il avait appris à gémir de la façon la plus stupide qui soit, il le présenta un jour comme le remplaçant idéal d'Ichabod au poste de maître de chant.

Il en fut ainsi pendant quelque temps, sans effet notable sur la position des deux belligérants. Par un bel après-midi d'automne, Ichabod, d'humeur songeuse, trônait comme d'habitude sur le tabouret d'où il surveillait son petit royaume. Il tenait une férule, symbole de son pouvoir despotique ; la baguette de la justice qui reposait sur trois clous, derrière lui, inspirait une saine terreur aux galopins. Sur le bureau, devant lui, on pouvait voir divers articles introduits en fraude et des armes de contrebande découvertes sur des garnements paresseux : pommes à demi mangées, pistolets à bouchon, toupies, pièges à mouche... et des légions de cocottes en papier. Apparemment, une punition collective venait d'être infligée aux élèves, car tous étaient penchés sur leurs cahiers, l'air consciencieux, ou chuchotaient avec leur voisin de derrière, un œil rivé sur le maître.

Un silence besogneux pesait sur la classe. Il fut interrompu par l'apparition d'un Noir vêtu d'un pantalon et d'une chemise de toile grossière, un chapeau sans fond pareil à la couronne de Mercure posé sur le crâne. Il montait un poulain hagard, hirsute et mal dégrossi, qu'il guidait avec une simple corde. Il clopina jusqu'à la porte de l'école afin de remettre à Ichabod une invitation pour des réjouissances (une « petite sauterie ») prévues le soir même chez *mynheer* Van Tassel. Ayant remis son message avec l'air important que les Noirs affichent dès qu'on leur confie une mission insignifiante, il s'en fut prestement, sauta le ruisseau et galopa dans la vallée, tout boursouflé par l'importance et l'urgence de sa mission.

Dans la salle de classe, le calme céda la place à une effervescence sans précédent. Les élèves furent priés d'expédier leurs leçons sans prendre la peine de s'attarder sur les détails ; les plus malins en sautèrent la moitié en toute impunité ; les plus lents reçurent quelques coups de baguette sur le derrière pour les inviter à maîtriser plus vite un mot difficile. Les livres furent abandonnés sans qu'on prît la peine de les ranger sur leur étagère. Les encriers et les bancs furent renversés et la classe se termina une heure plus tôt que d'habitude. Une légion de diablotins en jaillit et s'éparpilla dans la vallée en poussant des cris de joie.

Ichabod consacra à sa toilette une demi-heure de plus que d'habitude. Il brossa son meilleur (et, à vrai dire, unique) costume noir et vérifia sa mise dans un éclat de miroir brisé suspendu à l'intérieur de l'école. Histoire de paraître devant sa belle comme il seyait à un gentilhomme, il emprunta un cheval au fermier chez qui il logeait, un Hollandais soupe au lait nommé Hans Van Ripper. Puis il se mit en route tel un chevalier errant en quête d'aventure.

Pour respecter l'esprit des récits romanesques, il me faut peindre un rapide tableau de notre héros et de sa monture. *L'étalon* d'Ichabod était un cheval de trait fourbu dont la longévité n'avait d'égale que le vice. Maigre et hirsute, il avait un cou de brebis et une tête pareille à un marteau. Sa crinière et sa queue fanées étaient tout emmêlées ; un de ses yeux, qui avait perdu sa pupille, lui donnait un air furieux et spectral. Mais l'autre brillait d'une lueur proprement démoniaque. Il avait pourtant dû faire preuve de fougue et d'allant dans sa jeunesse, si on en jugeait par par son nom : Gunpowder. Autrefois, il avait été la monture favorite de son maître, le nerveux Van Ripper. Cavalier passionné, celui-ci avait sans aucun doute légué un peu de son caractère à l'animal. Car malgré son air fourbu, il y avait en Gunpowder plus de malice que chez n'importe quelle jeune pouliche de la région.

Ichabod était le compagnon parfait de ce coursier. Des étriers trop courts amenaient ses genoux cagneux au niveau du pommeau de la selle et ses coudes pointus dépassaient telles les pattes d'une sauterelle. Il tenait sa cravache comme un sceptre ; quand son cheval partait au trot, le mouvement de ses bras évoquait les battements d'ailes d'un oiseau. Un petit chapeau de laine reposait sur le haut de son nez — car c'est bien ainsi qu'il faut nommer l'étroite bande qui lui tenait lieu de front — et les pans de son manteau noir flottaient au vent, presque jusqu'à la queue de Gunpowder.

Tel était le tableau que sa monture et lui offraient quand ils franchirent le portail de Hans Van Ripper : le genre d'apparition qu'on ne s'attend guère à rencontrer en plein jour.

Comme je l'ai déjà mentionné, c'était une belle journée d'automne. Sous un ciel clair et serein, la nature arborait la riche livrée dorée que nous associons immanquablement à l'idée d'abondance.

Les forêts s'étaient vêtues de brun et de jaune ; sous la morsure du gel, certains arbres se paraient de teintes orangées, pourpres et écarlates. Des vols de canards sauvages commençaient à faire leur apparition dans les cieux ; le cri d'un écureuil montait parfois des bosquets de hêtres et de noyers, ponctué par le sifflement pensif de quelque caille nichée dans le champ d'éteules voisin.

Les petits oiseaux donnaient en somme leur dîner d'adieu. Tout à leurs réjouissances, ils voletaient, gazouillaient et s'ébattaient de fourré en fourré, d'arbre en arbre, rendus capricieux par la profusion et la diversité qui les entouraient. Il y avait là la grive qui, avec son chant sonore et plaintif, est la cible favorite des chasseurs en herbe, le merle siffleur, le pivert aux ailes dorées, à la crête cramoisie, au large gosier sombre et au splendide plumage, le becfigue dont les ailes sont festonnées de rouge et la queue de jaune, avec sa petite coiffe de plumes rabattues, et le geai bleu, ce méchant tapageur, dans son manteau d'azur et ses dessous blancs. Tous criaient et jacassaient. Saluant, sautillant et faisant des courbettes, on eût juré qu'ils étaient en bons termes avec tous les autres chanteurs du sous-bois.

Tandis qu'Ichabod poursuivait sa route, son regard toujours très « gastronomique » évaluait avec délice les trésors de ce plaisant automne. De tous côtés, il apercevait des réserves de pommes, certaines pendues aux branches lourdes des arbres, d'autres rassemblées dans des paniers ou des tonneaux destinés au marché, d'autres encore, entassées en de superbes pyramides, qui prendraient bientôt la direction du pressoir à cidre. Plus loin s'étendaient des champs de maïs dont les épis dorés, pointant hors de leur gaine de feuilles, étaient riches en promesses de gâteaux succulents. A même le sol, des citrouilles orange tendaient leur ventre gonflé vers le soleil.

Ichabod longea des champs de sarrasin odorant, huma l'odeur des ruches et imagina avec tendresse les crêpes fondantes fourrées de miel ou de mélasse que lui prépareraient un jour les mains potelées mais délicates de Katrina Van Tassel.

L'esprit plein de douces pensées et de fantaisies sucrées, il dépassa les collines qui surplombaient les plus beaux paysages sculptés par le puissant Hudson. A l'ouest, le soleil déclinait progressivement. Le Tappan Zee était immobile, lisse et brillant comme du verre, à l'exception, çà et là, des ondulations qui signalaient l'ombre bleue d'une montagne lointaine. Des nuages ambrés flottaient dans le ciel sans qu'un souffle d'air ne vienne les agiter. L'horizon avait pris une teinte dorée qui tournerait progressivement au vert pomme avant de céder la place au bleu sombre du firmament. Un ultime rayon oblique s'attardait sur les crêtes boisées des précipices qui dominaient les courbes du fleuve, ajoutant de la profondeur à leurs flancs pourpres ou gris foncé. Au loin, un sloop descendait lentement avec le reflux, la voile, inutile, pendant contre le mât ; alors que le reflet du ciel scintillait sur l'eau paisible, on aurait juré que le vaisseau était suspendu dans les airs.

Quand Ichabod atteignit la demeure des Van Tassel, il la trouva prise d'assaut par la fine fleur des environs : des vieux fermiers au visage tanné vêtus de manteaux faits maison, de culottes et de bas bleus et chaussés d'énormes souliers fermés par une boucle d'étain ; leurs petites épouses, à la fois sémillantes et desséchées avec leurs bonnets serrés, leurs robes courtes à taille basse et leurs jupons cousus main, avec ciseaux, pelotes d'épingles et poches apparentes de calicot ; des jeunes filles plutôt belles, la mise à peine moins surannée que celle de leurs mères, sauf quand un chapeau de paille, un ruban ou une blouse blanche trahissaient leur intérêt pour la mode citadine.

Les jeunes gens, en habits courts aux basques serrées, garnis de rangées de prodigieux boutons de cuivre, avaient attaché leurs cheveux à la mode de l'époque — surtout s'ils avaient pu se procurer une peau d'anguille, car on estimait partout dans le pays que c'était un puissant fortifiant capillaire.

Le héros de la soirée était incontestablement Brom l'Osseux, venu sur son coursier favori : Daredevil. Cette bête était aussi pleine de fougue et de malice que son maître, le seul à pouvoir s'en faire obéir. Brom avait la réputation de préférer les animaux vicieux, au risque de se rompre le cou. Selon lui, un cheval bien dressé était indigne d'un gaillard courageux.

Mais j'interromps mon récit pour m'attarder sur le tableau débordant de charme qui attira le regard ravi de Crane quand il entra dans le salon des Van Tassel. Je ne parle pas des appas d'une volée de jeunes filles grassouillettes, avec leur étalage criard de rouge et de blanc, mais de ceux d'une authentique table à thé hollandaise. Des plateaux chargés de tant de pâtisseries que les mots peuvent à peine les décrire ! Voilà le secret des meilleures ménagères hollandaises ! Il y avait là de solides beignets, de délicats pets-de-nonne, des bugnes croustillantes sur le dessus et fondantes au-dedans, des galettes sucrées, des tartes sablées, des gâteaux au gingembre, au miel et à tous les parfums imaginables...

C'était sans compter les tourtes aux pommes, aux pêches ou à la citrouille voisinant avec des tranches de jambon et de bœuf fumé, ni les assiettes de délectables fruits au sirop — prunes, pêches, poires et coings. Et que dire des aloses grillées et des poulets rôtis accompagnés de bols de lait et de crème. Tout cela pêle-mêle, comme je viens de le décrire, autour de la théière maternelle exhalant des nuages de vapeur !

Il me faudrait plus de temps et de souffle pour décrire ce banquet comme il le mérite... Mais je suis trop impatient de reprendre le fil de mon histoire. Par bonheur, Ichabod Crane n'était pas aussi pressé que son chroniqueur, et il rendit justice à ces mets somptueux.

Comme chez tant d'êtres aimables et pleins de gratitude, son cœur se dilatait proportionnellement à son estomac quand il le remplissait de bonne chère. La nourriture bonifiait son humeur comme l'alcool le fait pour les autres hommes. Béat, il ne pouvait s'empêcher de rouler de grands yeux pendant qu'il mangeait et de glousser en s'imaginant un jour seigneur et maître de ce luxe et de cette incroyable splendeur. Comme il tournerait vite le dos à sa vieille école, songeait-il, histoire de faire la nique à Hans Van Ripper et à ses autres clients mesquins, et combien il s'amuserait à chasser à coups de pied tout pédagogue itinérant qui aurait l'audace de lui donner du « collègue ».

Le vieux Baltus Van Tassel évoluait parmi ses invités. Plein de contentement et de bonne humeur, il semblait rond et jovial comme la lune au temps des moissons. En hôte avisé, il faisait preuve d'attentions discrètes mais expressives qui se limitaient à une poignée de main, une tape sur l'épaule, un rire sonore ou une invitation à « attaquer et se servir ».

Puis les premières notes de musique s'élevèrent dans la grande pièce principale transformée en salle de bal. Le musicien était un vieux Noir grisonnant qui tenait lieu d'orchestre itinérant local depuis plus d'un demi-siècle. Son instrument semblait aussi antique et délabré que lui. La plupart du temps, il se contentait de racler deux ou trois cordes. Accompagnant chaque aller et retour de l'archer d'un mouvement de tête, il s'inclinait presque jusqu'au sol et frappait du pied chaque fois qu'un nouveau couple s'aventurait sur la piste.

Ichabod s'enorgueillissait de ses talents de danseur presque autant que de ses vocalises. Pas une fibre de son être ne demeurait en repos ; si vous aviez vu sa silhouette dégingandée s'agiter et gambader dans la pièce, vous auriez cru que saint Guy lui-même, le patron de la danse, se produisait sous vos yeux ébahis. Il faisait l'admiration des Noirs de tous âges et de toutes tailles. Venus des fermes environnantes, ceux-ci formaient devant chaque porte et chaque fenêtre une pyramide de visages sombres et luisants qui observaient le spectacle avec délice, faisant rouler leurs yeux blancs et se fendant de sourires qui découvraient leurs rangées de dents ivoirines. Comment notre dompteur de galopins aurait-il pu ne pas être enjoué et ravi ? La dame de son cœur était sa cavalière et minaudait gracieusement sous ses regards énamourés tandis que Brom l'Osseux, consumé par l'amertume et la jalousie, ruminait seul dans son coin.

Quand le bal toucha à sa fin, l'attention d'Ichabod fut attirée par un groupe d'anciens. A une extrémité de la galerie, ils fumaient avec le vieux Van Tassel, évoquaient l'ancien temps et débitaient d'interminables récits de guerre.

La région du Tappan Zee, à l'époque dont je parle, comptait parmi ces endroits privilégiés qui regorgent d'histoires et d'hommes hors du commun. Les lignes britanniques et américaines, qui n'étaient pas bien loin pendant la guerre, avaient fait de la contrée un lieu de maraudes infesté de réfugiés, de cow-boys et d'autres aventuriers frontaliers. Avec le temps, chaque conteur avait suffisamment pimenté son récit de fiction pour pouvoir se présenter comme le héros de tous ces exploits passés.

Il y avait l'histoire de Doffue Martling, un gros Hollandais à la barbe bleue. Depuis un parapet de terre, il aurait pu prendre une frégate britannique avec un vieux canon de neuf... si celui-ci n'avait pas explosé au sixième coup. Il y avait aussi un vieux gentilhomme qui restera anonyme, car c'est un *mynheer* trop riche pour qu'on prononce son nom à la légère. Pendant la bataille des Plaines Blanches, cet excellent escrimeur dévia si bien une balle de mousquet avec son épée qu'il la sentit siffler autour de la lame et ricocher sur la garde : pour le prouver, il n'hésitait pas à exhiber l'arme, dont le pommeau était légèrement tordu. Quelques autres vieux messieurs s'étaient couverts de gloire sur le champ de bataille... Tous demeuraient persuadés d'avoir apporté une contribution significative à la victoire.

Mais cela n'était rien comparé aux histoires de fantômes et de spectres qui suivirent, car la région est riche en trésors légendaires de toutes sortes. Les récits et les superstitions abondent dans les enclaves protégées, alors qu'on les méprise là où la population est d'une nature plus mobile et plus changeante. A dire vrai, les fantômes n'ont guère de succès dans la plupart des villages : à peine ont-ils le temps de terminer leur premier somme et de se retourner dans leur tombe que les amis qui leur ont survécu ont déjà quitté le voisinage. Quand ils se relèvent la nuit pour faire leur tournée, point de vieille connaissance à qui rendre visite ! C'est peut-être pour cela qu'on entend rarement parler de spectres hors des communautés hollandaises établies depuis longtemps.

Mais la cause la plus immédiate de la prolifération d'histoires surnaturelles dans ces localités était la proximité du Val Dormant. L'air même du territoire semblait un facteur de contagion ; il exhalait un parfum onirique, voire fantasmatique, qui contaminait toute la région. Plusieurs habitants du Val Dormant étaient présents ce soir-là chez les Van Tassel ; comme d'habitude, ils furent prodigues en récits extravagants et merveilleux.

Crane entendit plus d'une histoire lugubre au sujet de cortèges funéraires — accompagnés de cris et de lamentations — vus près du grand arbre où avait été capturé le Major André, pas très loin de là. Les vieux messieurs évoquèrent également la femme en blanc qui hantait la gorge sombre baptisée Roc du Corbeau, et qu'on entendait souvent hurler les nuits d'hiver avant une tempête, car elle était morte là-bas, dans la neige. La majorité de ces histoires tournait cependant autour du spectre favori du Val Dormant, le Cavalier sans Tête.

Ces derniers temps, on l'avait souvent entendu patrouiller dans la campagne ou vu attacher son cheval au milieu des tombes, près de l'église — toujours la nuit. La situation isolée du lieu de culte semblait en faire un terrain de hantise privilégié pour les esprits perturbés. L'église se dressait sur un tertre. Elle était entourée de caroubiers et d'ormes altiers au milieu desquels ses vénérables murs blanchis à la chaux brillaient modestement, telle la pureté chrétienne rayonnant parmi les ombres. De là, le sol s'inclinait en pente douce jusqu'à une nappe d'eau argentée bordée de grands arbres entre lesquels on distinguait les collines bleues qui bordent l'Hudson. A voir le cimetière semé d'herbes folles où les rayons du soleil somnolent si paisiblement, on pouvait croire que les morts y reposaient en paix...

D'un côté de l'église s'étend un grand vallon boisé. Tout au long, entre les rochers déchiquetés et les troncs morts, bouillonne un ruisseau. Non loin de l'église, un pont de bois construit il y a des lustres enjambe sa partie la plus sombre et la plus profonde. Il est surplombé, comme la route qui y conduit, par des arbres géants qui projettent une ombre épaisse et sinistre dans la journée, impénétrable et terrifiante pendant la nuit. C'était un des endroits que le Cavalier sans Tête hantait le plus volontiers et celui où on le rencontrait le plus souvent.

Le moment de raconter l'histoire du vieux Brouwer arriva... Cet homme dont l'incrédulité à l'égard des fantômes frisait l'hérésie, avait croisé le Cavalier de retour d'une incursion dans le Val Dormant, et il avait été obligé de monter en croupe derrière lui. Ensemble, ils galopèrent entre les buissons et les fourrés, puis les collines et les marécages, jusqu'à atteindre le pont. Là, le Cavalier se transforma brusquement en squelette, jeta le vieux Brouwer dans le cours d'eau et bondit pardessus la cime des arbres dans un grondement de tonnerre.

Ce récit fut immédiatement suivi par l'aventure trois fois plus étonnante de Brom l'Osseux, qui affirmait avoir fait passer le Hessois pour un pitoyable cavalier. Une nuit, alors que Brom revenait du village voisin, Sing Sing, le soldat de minuit était arrivé à sa hauteur, et le gaillard lui avait parié un bol de punch qu'il ne réussirait pas à le dépasser. Brom aurait dû gagner, car Daredevil avait battu à plate couture la monture spectrale de son adversaire. Mais alors qu'ils atteignaient le pont de l'église, le Cavalier s'était volatilisé dans un grand éclair de feu.

Racontés de la voix basse que les hommes adoptent volontiers dans les ténèbres, ces récits d'autrefois — sans oublier l'expression des auditeurs révélée de temps à autre par le rougeoiement d'une pipe — firent une forte impression à Ichabod. Il y apporta sa contribution en citant son auteur favori, l'inestimable Cotton Mather, puis en évoquant les événements merveilleux survenus dans son état natal du Connecticut et les quelques scènes effrayantes dont il avait été témoin au cours de ses promenades nocturnes dans le Val Dormant.

Les festivités s'achevaient. Les vieux fermiers chargèrent leurs familles dans des chariots qu'on entendit longtemps cahoter sur les chemins creux puis escalader les lointaines collines. Certaines demoiselles montèrent en croupe derrière leur soupirant ; leur rire léger, mêlé au claquement des sabots, se répercuta dans les bois jusqu'à ce que leur écho meure peu à peu. Alors, des lieux bruyants et bondés quelques minutes plus tôt redevinrent calmes et vides. Selon l'usage des galants de la campagne, seul Ichabod s'attarda pour bénéficier d'un tête-à-tête avec l'héritière dont il était maintenant convaincu de s'être attiré les faveurs.

Je n'aurai pas la prétention de vous rapporter leur entretien, car j'ignore comment il se déroula. Mais je crains que quelque chose n'ait pas tourné à l'avantage d'Ichabod, car il s'en fut peu de temps après, l'air désolé et abattu. Ah, les femmes ! Les femmes ! Cette fille joua-t-elle de sa coquetterie aux dépens du malheureux Ichabod ? La façon dont elle l'avait encouragé était-elle une ruse pour stimuler la passion de son rival ? Dieu seul le sait.

Contentons-nous de dire qu'Ichabod repartit avec l'air de quelqu'un qui vient de piller un poulailler plutôt que de conquérir le cœur d'une honnête femme. Sans jeter un coup d'œil sur les campagnardes richesses qui l'avaient si souvent fait saliver, il fila droit à l'écurie. Là, au prix de force claques et coups de pied, il réveilla sans ménagement sa monture qui dormait dans de confortables quartiers, rêvant de montagnes de maïs et d'avoine ou de vallées entières de phléole des prés et de trèfle...

A l'heure la plus maléfique de la nuit, déconfit et le cœur lourd, Ichabod entreprit le trajet de retour le long des collines qui dominaient Tarry Town et qu'il avait traversées si joyeusement l'après-midi. L'atmosphère était aussi lugubre que son humeur. Loin au-dessous de lui s'étendaient les eaux obscures et indistinctes du Tappan Zee, où on distinguait çà et là le grand mât d'un sloop à l'ancrage.

Dans le silence funeste de la nuit, Ichabod entendit même les aboiements d'un chien de garde, sur la rive opposée de l'Hudson. Ils étaient si étouffés et si faibles qu'ils semblaient souligner la distance qui le séparait de cet aimable compagnon de l'homme. Parfois, le cri d'un coq réveillé en sursaut montait dans le lointain, venant d'une ferme nichée entre les collines. Mais il résonnait aux oreilles d'Ichabod comme dans un rêve. Il n'y avait aucun signe de vie autour de lui, n'était, de -ci, de-là, le crissement mélancolique d'un criquet ou le coassement d'un crapaud-buffle endormi d'un sommeil agité dans un marécage et qui semblait se retourner brusquement dans son lit.

Toutes les histoires de fantômes et de gobelins entendues dans l'après-midi revenaient maintenant à la mémoire d'Ichabod. La nuit s'épaississait de plus en plus. Les étoiles semblaient se noyer dans les profondeurs du ciel ; parfois, des bandes de nuages les dissimulaient tout à fait. Ichabod ne s'était jamais senti aussi seul ni aussi déprimé. Pour couronner le tout, il approchait de l'endroit qui avait été le théâtre de tant de mésaventures à glacer les sangs d'un honnête homme.

Au centre de la route se dressait un gigantesque tulipier qui toisait les autres arbres du voisinage tel un géant et tenait lieu de point de repère. Ses branches noueuses et colossales, aussi épaisses que le tronc de la plupart des végétaux, plongeaient presque jusqu'au sol avant de s'élancer de nouveau vers le ciel.

C'était l'arbre de la tragique histoire du major André, qui s'était fait capturer non loin de là et lui avait ainsi donné son nom. Le commun des mortels considérait ce végétal avec un mélange de respect et de superstition à cause du sort funeste de son homonyme et des étranges visions — ou des lamentations déchirantes — si fréquentes à ses abords.

Alors qu'Ichabod approchait de cet arbre redoutable, il commença à siffloter et crut qu'on lui répondait ; mais ce n'était que le souffle d'une bourrasque entre les branches desséchées. S'approchant davantage, il aperçut quelque chose de blanc pendu au milieu de l'arbre.

Le maître d'école se figea. A y regarder de plus près, c'était simplement un endroit où la foudre avait frappé le tronc, dénudant le bois blanc sous l'écorce.

Soudain, Ichabod entendit un grognement. Ses dents claquèrent et ses genoux se plaquèrent contre la selle.

Mais ce n'était que le gémissement de deux énormes branches balancées par la brise ; Ichabod dépassa le tulipier sain et sauf.

Hélas, de nouveaux périls l'attendaient encore.

Cent pas plus loin, un ruisseau traversait la route avant de rejoindre une gorge marécageuse boisée connue sous le nom de Marais de Wiley. Quelques bûches grossières posées côte à côte y tenaient lieu de pont. De ce côté du chemin, où le ruisseau s'enfonçait dans la forêt, un bouquet de chênes et de marronniers au feuillage mêlé de lianes projetaient des ténèbres caverneuses. Franchir ce pont serait l'épreuve la plus difficile. C'était là que le malheureux André s'était fait capturer par des hommes de main qui lui avaient tendu une embuscade. Depuis, le ruisseau était *hanté* et les écoliers contraints de le traverser seuls la nuit le faisaient toujours la peur au ventre.

Le cœur d'Ichabod battait la chamade. Mais il rassembla son courage, flanqua à sa monture une demi-douzaine de coups de talons et tenta de franchir le pont au galop. Loin de lui obéir, la vieille carne perverse fit un écart et se précipita contre la balustrade. Ichabod, dont la terreur ne cessait de croître, tira sur les rênes et donna un coup de pied vigoureux dans la direction opposée. En vain. Si son coursier démarra enfin, ce fut pour plonger de l'autre côté de la route, dans un fourré de ronces et d'aulnes.

Le maître d'école joua de la cravache et bourra de coups de talons les flancs amaigris du vieux Gunpowder. Soufflant et renâclant, le cheval consentit à avancer... pour s'arrêter devant le pont avec une soudaineté qui faillit désarçonner son cavalier. A cet instant, un bruit de pas lourds qui clapotaient sur le pont parvint à l'oreille sensible d'Ichabod. Dans le bosquet, il aperçut une silhouette énorme, difforme, sombre et menaçante qui ne bougeait pas mais semblait prête à lui bondir dessus.

Sous l'effet de la terreur, les cheveux du pédagogue se dressèrent sur sa tête. Que pouvait-il faire ? Il était trop tard pour tourner bride ; d'ailleurs, quelle chance avait-il de semer un fantôme ou un gobelin — si c'en était bien un — capable de chevaucher le vent ?

Rassemblant ce qui lui restait de courage, Crane demanda d'une voix balbutiante : « Qui est là ? »

Mais il n'obtint pas de réponse. Il répéta sa question sur un ton plus angoissé. En pure perte. Une nouvelle fois, il talonna l'inébranlable Gunpowder puis, les yeux clos, entonna un psaume avec une ferveur bien involontaire.

Alors, l'obscur objet de son épouvante se mit en mouvement. D'un bond, l'être se propulsa jusqu'au milieu de la route. Malgré les ténèbres, Ichabod put à peu près l'identifier. On eût dit un cavalier géant monté sur un colossal étalon noir.

Ne manifestant aucune intention de s'en prendre à Ichabod, ni d'engager la conversation avec lui, il se plaça sur le bord de la route et trotta du côté borgne du vieux Gunpowder, revenu de son effroi et un peu moins rétif.

Ichabod ne goûtait pas la présence de ce compagnon nocturne et il avait encore en mémoire l'aventure de Brom l'Osseux avec le Hessois. Il pressa donc sa monture avec l'espoir de le distancer. Mais l'autre l'imita et se maintint à son niveau. Ichabod tira sur les rênes et ralentit pour le laisser prendre de l'avance. Son compagnon ralentit aussi.

Le cœur serré, le pédagogue s'efforça de continuer son psaume. Mais sa langue desséchée collait à son palais et il ne parvint pas à sortir une note. Il y avait dans le silence maussade de son compagnon quelque chose de mystérieux et d'effrayant qui ne devait pas tarder à trouver une explication.

Alors qu'ils arrivaient au sommet d'une butte, et que se découpait contre le ciel la silhouette du cavalier — gigantesque, il était emmitouflé dans une cape —, Ichabod sentit son sang se glacer dans ses veines quand il découvrit que l'homme n'avait pas de tête !

Son effroi ne connut plus de limites quand il constata que ladite tête, qui aurait dû reposer sur les épaules de son importun compagnon, était posée devant lui sur le pommeau de sa selle.

Sa terreur se transformant en désespoir, Ichabod fit pleuvoir une grêle de coups de poing et de pied sur Gunpowder, espérant qu'une brusque accélération lui permettrait de s'échapper. Hélas, le spectre s'élança en même temps que lui. Ils galopèrent à travers les fourrés et les clairières, les sabots de leurs montures faisant jaillir sur leur passage des gravillons et des étincelles. Dans sa hâte de fuir, Ichabod s'était couché sur l'encolure de Gunpowder et ses vêtements trop légers flottaient derrière lui.

Ils venaient d'atteindre l'endroit où la route décrivait une courbe pour plonger vers le Val Dormant. Au lieu de s'y engager, Gunpowder, qui semblait possédé par le démon, partit dans la direction opposée et dévala le flanc de la colline qui se dressait sur sa gauche.

Ce chemin traversait un vallon sablonneux, ombragé par de hauts arbres sur six cents pas environ avant de rejoindre le tristement célèbre pont de l'histoire des fantômes et de continuer vers le tertre verdoyant qui supportait l'église blanchie à la chaux.

La panique de sa monture avait donné un avantage à Ichabod, pourtant médiocre cavalier. Hélas, quand il arriva au creux du vallon, les sangles de sa selle cédèrent et il la sentit se dérober sous lui. Il l'empoigna par le pommeau et tenta vainement de la retenir. Pour sauver sa vie, quand la selle tomba à terre, il entoura des deux bras le cou du vieux Gunpowder.

Derrière lui, il entendit la monture de son poursuivant la piétiner.

Un instant, Crane fut terrorisé en imaginant la colère de Hans Van Ripper quand il découvrirait la perte de sa selle du dimanche. Mais c'était une préoccupation futile en un instant où le spectre le talonnait et où il avait fort à faire pour maintenir son assiette. Il glissait tantôt d'un côté tantôt de l'autre, retombant si durement sur le dos du cheval qu'il craignit que la violence du choc ne le déchire par le milieu.

Une trouée dans les arbres lui redonna quelque espoir d'atteindre le pont de l'église. Le reflet argenté d'une étoile, à la surface du ruisseau, lui confirma qu'il ne s'était pas trompé. Il vit les murs blanchis à la chaux briller faiblement de l'autre côté des arbres et se souvint que c'était l'endroit où l'adversaire de Brom l'Osseux avait abandonné la course. *Si j'arrive à franchir le pont*, songea-t-il, *je suis sauvé*.

Alors il entendit l'étalon noir souffler et haleter derrière lui et imagina même sentir son haleine brûlante. Stimulé par un nouveau coup de talons, le vieux Gunpowder s'élança sur le pont qu'il franchit dans le roulement de tonnerre produit par le martèlement de ses sabots sur les planches. Dès qu'il eut atteint l'autre rive, Ichabod jeta un coup d'œil par-dessus son épaule pour voir si le Cavalier, conformément à son habitude, allait disparaître dans un éclair de feu et de soufre.

A cet instant, il vit le spectre se dresser sur ses étriers et se préparer à lui lancer sa tête dessus. Ichabod voulut esquiver ce macabre projectile, mais il réagit trop tard. La tête percuta son crâne et un épouvantable craquement retentit.

Le maître d'école mordit la poussière tandis que l'étalon noir, son cavalier fantôme et Gunpowder passaient en trombe près de lui.

Le lendemain matin, on retrouva la vieille carne sans selle, le licol sous les sabots, occupée à brouter paisiblement devant la porte de son maître. Ichabod ne daigna pas apparaître pour le petit déjeuner ; quand l'heure du déjeuner arriva, il ne se montra pas davantage. Les élèves s'attroupèrent devant l'école puis, désœuvrés, allèrent se promener sur les berges du ruisseau. Hans Van Ripper ne tarda pas à s'inquiéter du sort d'Ichabod... et de sa selle. On organisa des recherches, et une fouille rapide des environs permit de repérer des traces. La selle fut retrouvée sur la route de l'église ; les empreintes de sabots, qui avaient profondément blessé le sol, conduisirent les villageois jusqu'au pont. Sur la rive d'en face, à l'endroit où des flots sombres et profonds élargissaient le lit du ruisseau, on découvrit le chapeau d'Ichabod. Non loin de là gisait une citrouille éclatée. On sonda le ruisseau, mais le cadavre du maître d'école resta introuvable. Bombardé exécuteur testamentaire, Hans Van Ripper examina le baluchon qui contenait tous les biens terrestres d'Ichabod : deux chemises et les lambeaux d'une troisième, deux écharpes, deux paires de chaussettes en coton, une vieille paire de culottes en velours, un rasoir rouillé, un recueil de psaumes aux pages cornées et un pipeau cassé...

Les fournitures et les livres de l'école appartenaient à la communauté, à l'exception d'une *Histoire de la sorcellerie en Nouvelle-Angleterre* de Cotton Mather et d'un essai sur l'interprétation des rêves et la divination. A l'intérieur était glissée une feuille de papier tachée d'encre par quelque infructueuse tentative de rédiger un poème en l'honneur de l'héritière des Van Tassel.

Les livres de magie furent brûlés par Hans Van Ripper, qui décida de ne plus envoyer ses enfants à l'école, puisque rien de bon n'était jamais sorti de pareilles lectures. Quant à l'argent du maître d'école — il avait touché son trimestre deux jours auparavant —, il devait l'avoir sur lui au moment de sa disparition.

Cet événement fut une grande source de spéculations à l'église, le dimanche suivant. On compara les témoignages et les ragots recueillis dans le cimetière, près du pont et à l'endroit où la citrouille et le chapeau avaient été retrouvés. Les récits de Brouwer, de Brom et d'une pléthore d'autres hommes revinrent à l'esprit des villageois. Quand ils les eurent pris en considération, ils hochèrent la tête et conclurent qu'Ichabod avait été emporté par le Hessois. Comme il était célibataire et ne devait d'argent à personne, nul ne se soucia plus de lui. L'école fut transférée un peu plus loin dans le vallon, sous le règne d'un autre pédagogue.

Mais un vieux fermier qui se rendit à New York quelques années plus tard, et de qui nous tenons le récit de cette aventure surnaturelle, rapporta au Val Dormant la nouvelle qu'Ichabod Crane était toujours vivant. Il avait quitté la contrée parce qu'il redoutait le fantôme — sans parler de Hans Van Ripper — et parce qu'il était mortifié d'avoir été éconduit par l'héritière. Installé dans une région lointaine, il avait continué à enseigner tout en étudiant le droit. Reçu à l'examen du barreau, il s'était tourné vers la politique, avait pris part à une campagne électorale, avait écrit pour les journaux et avait finalement été nommé juge à la Cour des Dix Livres.

Quant à Brom l'Osseux — peu après la disparition de son rival, il avait triomphalement conduit Katrina à l'autel —, il prenait un air entendu chaque fois qu'on évoquait l'histoire d'Ichabod et éclatait toujours de rire à la mention de la citrouille.

Certains en conclurent qu'il en savait davantage qu'il voulait bien le dire...

Les vieilles paysannes, qui restent les meilleurs juges en ce domaine, affirment toujours qu'Ichabod fut enlevé par des forces surnaturelles. C'est une des histoires qu'elles racontent le plus volontiers lors des veillées hivernales au coin du feu. Plus que jamais, le pont reste un objet de crainte. C'est peut-être pour cela que la route a été récemment déviée afin qu'on approche de l'église en longeant le bief.

L'école abandonnée tomba bientôt en poussière. Aujourd'hui encore, on la dit hantée par le fantôme d'un pédagogue malchanceux. Et les jeunes laboureurs qui s'attardent sur le chemin du retour, les soirs d'été, croient souvent l'entendre entonner un psaume mélancolique dans la solitude sereine du Val Dormant...

APOSTILLE

Rédigée de la main de M. Knickerbocker

Le récit qui précède reprend quasiment les termes exacts dans lesquels je l'ai entendu relater lors d'un Conseil municipal de l'ancienne cité de Manhattoes auquel assistaient les plus sages et les plus illustres de ses citoyens. Le narrateur était un vieil homme distingué et aimable malgré l'apparence modeste de son habit poivre et sel. Songeant à son visage à la fois triste et plein d'humour, je le soupçonne d'avoir produit de gros efforts pour nous divertir et nous faire ainsi oublier sa pauvreté. La fin de son récit fut saluée par des éclats de rires approbateurs émanant en particulier des deux ou trois conseillers qui s'étaient assoupis pendant presque toute son histoire.

Mais un vieux gentilhomme grand et sec aux sourcils broussailleux avait conservé une expression grave et sévère pendant toute la narration. Croisant les bras de temps à autre, il inclinait la tête et fixait le plancher comme s'il était dubitatif. C'était un de ces hommes circonspects qui ne rient jamais à moins d'avoir de bonnes raisons pour le faire et la loi de leur côté. Quand l'hilarité de l'auditoire se dissipa et que le silence revint, il appuya un bras sur l'accoudoir de son fauteuil et, l'autre poing plaqué sur sa hanche, demanda en fronçant les sourcils quelle était la morale de cette histoire et ce qu'elle entendait prouver.

Le narrateur, qui portait un verre de vin à ses lèvres pour se désaltérer, s'interrompit, observa son interlocuteur avec le plus grand respect et, reposant lentement le verre sur la table, déclara que cette histoire démontrait plusieurs choses :

« D'abord, qu'il n'existe aucune situation qui ne possédât pas ses avantages et ses plaisirs... à condition de ne pas prendre une plaisanterie pour ce qu'elle n'est pas.

« Ensuite, que celui qui fait la course avec un cavalier fantôme peut s'attendre à une rude chevauchée.

« Enfin, que se voir refuser la main d'une héritière hollandaise, pour un maître d'école de campagne, est une étape décisive sur le chemin de hautes fonctions. »

Le vieux gentilhomme se renfrogna davantage au terme de cette explication. Il paraissait décontenancé par une logique à vrai dire étrange, alors que l'individu au costume poivre et sel, me semblait-il, le toisait d'un air triomphant. Le gentilhomme finit par déclarer que tout cela était bien beau, mais qu'il trouvait quand même l'histoire un peu extravagante, et qu'il gardait des doutes sur un point ou deux.

« Ma foi, monsieur, avoua le narrateur, en ce qui me concerne, je n'en crois pas la moitié. »

D.K.
1820

IMPRIMÉ EN FRANCE PAR BRODARD ET TAUPIN
1895X – La Flèche (Sarthe), le 17-01-2000
Dépôt légal : janvier 2000

POCKET – 12, avenue d'Italie - 75627 Paris cedex 13
Tél. : 01.44.16.05.00